好物

宙茶茶 著

美学

北京燕山出版社
BEIJING YANSHAN PRESS

图书在版编目（CIP）数据

好物美学 / 宙茶茶著. -- 北京：北京燕山出版社，
2019.9
ISBN 978-7-5402-5432-2

Ⅰ.①好… Ⅱ.①宙… Ⅲ.①随笔－作品集－中国－
当代 Ⅳ.①I267.1

中国版本图书馆CIP数据核字(2019)第194672号

好物美学

著　　者	宙茶茶
责任编辑	贾　勇　王　迪
封面设计	罗　岑
责任校对	岳　欣
出版发行	北京燕山出版社有限公司
社　　址	北京市丰台区东铁营苇子坑路138号
电　　话	010-65240430
邮　　编	100078
印　　刷	北京盛通印刷股份有限公司
开　　本	880mm×1230mm 1/32
字　　数	276千字
印　　张	10
版　　次	2019年9月第1版
印　　次	2019年9月第1次印刷
定　　价	39.80元

赐予物件意义的，是使用物件的人。

目 ■ 录

Beautiful things

可爱程度会影响心情

因为大多数时候都待在家中，家居服的舒适与可爱的程度变得极其重要。

我常穿的家居服品牌是日本的gelato pique，是意大利语"冰淇淋"的意思。不仅配色像真正的gelato冰淇淋一般清新甜美，穿着感也是可令人在一瞬间放松下来的柔软舒适。若打个比方的话，就像是疲惫不堪地走出办公楼之时，面前有一个巨大的舒芙蕾站在路口迎接你的感觉，能够融化掉极多琐碎的不愉快。

如果再喷上一点面包味的香水的话，那就再好不过了。

虽然待在家中，但也是要工作的。工作起来，就势必有各种令人暴躁的事发生。我自己基本来说是做乙方的，说到日常的工作内容，大体就是同各种各样的人提出的各种各样的需求和方案打交道。但是，就像一袋草莓中总是有几颗会无奈地烂掉一般，遇到的合作对象当中，也难免会见到一些无可救药的，从内里的什么地方开始烂掉的人。

无法正常交流，鸡同鸭讲，要求不合理得离谱，既没有商业眼光也毫无艺术审美，令我恨不得穿过屏幕暴打对方一顿……这样的事时常发生。尤其是在房间乱成一团，天气转冷而暖气还没有来，或者因为感冒生病而不得不穿上样式很丑的保暖裤的时候，内心的焦躁指数会直接与个人外在的混乱程度成正比。即使我已经做到舍弃尊严万事说好，但令人烦躁不已的事还是接二连三。

曾经有过这么一个合作者，是在我大学还没有毕业，对世间还抱有一些天真纯粹的幻想的时候。

该人可以说是一位非常努力的人，对世界充满热情，对自己充满信任，一心相信自己喜欢的东西一旦推出便可获得成功。于是，在整个沟通的过程中，他都不遗余力地想要以他的想法来说服我，同时对我提出的意见不断贬低压迫。大体意思是说我写的东西没有意义也没有逻辑，根本不能打动人心。

但是，打动不打动人心这回事，岂能是他一个人就能判断的呢？

我不满地这么想着。

不过，这到底是还不到二十岁时发生的事了，现在再遇到类似的情况，我已经懂得不去理会对方说的所谓理由，而直指他们最后的结论：修改，或者停止合作。

他们想说的终归只是结论而已，理由并不那么重要。

这是一个很好的缓解焦躁的方式。

另外，在这些年的经验之中，我也逐渐察觉到了另外一个缓解焦躁的心得：穿成让自己喜欢的样子，可以一定程度地平定内心。以往不能忍受的事，也变得可以忍受了。

软绵绵香喷喷的家居服外套，里面是刚刚洗过晒干的花柄吊带裙，为了和衣服相称，头发也稍微编了一点花样。如此坐到电脑前，即使遇到怎么讲不通道理的合作者，似乎也不至于到马上暴怒想要和对方大吵的程度。

算了算了。

我会这么想。

今天这么可爱，不能随便生气。

这么一来，虽然事情本身没有什么进展，但是我的心情却没有因为不顺利的事而变糟。觉得这应该全是托可爱的家居服的福。这个时候，不由得会想一下，如果给对方也发一套gelato pique，两个人各自在舒适的房间里穿着可爱的家居服，一边吃着gelato冰淇淋一边工作的话，人会不会变得温柔而耐心，工作从而也得以顺利推动呢。

但是，若想一下对方说过的话，又会觉得这样可爱的gelato pique，根本不想给那样的人穿。

而且，那位在我不到二十岁时遇到的合作者——那年他似乎是二十六岁，那么今年便有三十四岁了，似乎还未获得他想要的东西，不知道他此时是以什么想法在做着什么工作，坦白来说，我稍微有些好奇。

02

作为塑造形象的方式的香水 ————

　　我个人觉得，选择香水同选择发型和服装有一个相同的本质，即是对风格的选择。

　　留长发还是短发，头发要不要染色，衣服以设计感为优先或是以舒适度为优先……香水选择木香调还是花果香调，或者选择不用香水。

　　自然而然，不用香水也是风格的一种。

　　我自己是用香水的，因此只能在此讲述用香水的心情。

　　香水这种东西，我认为分为"喜欢的香调"与"适合的香调"两种，当然也有在一开始，喜欢的香调同时便是所适合的香调的幸运之人，不过，二者之间隔着距离的时候，可能更多一点。就如被自己随意对待的手中之物是他人的一生向往，而自己的向往则又被另外的什么人随意对待一般，是充满无限的追逐和无限的遗憾的人生。

　　我也曾有过适合的香调与喜欢的香调之间隔着不短距离的时候，虽说距离不算南辕北辙（比如只适合木香调却偏爱甜蜜果香），但跑过几家香水专柜后，也多了几层"原来我是给人这样的感觉啊"的自我认知。

　　印象最为深刻的一次是在香港的Joyce Beauty，BA以无限亲切和热情的态度向我推荐了Annick Goutal的Un Matin d'Orage。

　　Annick Goutal是相对不那么大众的一个法国品牌，它坚持制造有个性的、独一无二的香水，保持着传统的法式香水的制作方法，也坚持表达着每一种香水背后的故事。

　　Un Matin d'Orage的主角是栀子花与雨，整体给人绿意盎然的雨后花园之感，湿漉漉的绿色植物的气息非常迷人，而我也一度被香水背后那个暴风雨与花园的画面所吸引，而买下了这瓶香水。但在酒店喷了几次，却觉得香水的确是好闻的香水，但并不是我觉得正确的那一种。

　　于是，为了追求正确的香水，我第二天即跑到了Jo Malone，在做出了"绝对不听BA的建议，她讲粤语我听不懂，讲英语我就说我不懂，讲普通话我就说我是日本人，她会讲日语的话那我就是韩国人，她什么语言都会说的话我就大叫LEAVE ME ALONE"这种程度的心理准备后，才开始试香。

不知道是否是心理准备奏效的缘由，BA当真并没怎么理我，我得以安静地挑选自己喜欢的香水，最终选中了现在最爱用的一瓶：Blackberry&Bay。

Jo Malone的一个特点（或者说优点）是不会给香水取抽象的名字，基本来说，玫瑰香便叫作玫瑰，柠檬罗勒香便叫作柠檬罗勒。这一瓶Blackberry&Bay，也顾名思义便是以黑莓果为基调的香。

它属于偏甜的花果香调（我个人喜欢花果香多过花香，对木香调完全敬谢不敏），但并不是那种发腻的甜。黑莓的甜味同时带着酸涩，并裹着一层潮湿的苔藓植物的气息。若说Un Matin d'Orage的湿润感是雨后的清爽与凛冽，Blackberry&Bay就更接近于密林深处，终年不见日光的潮湿感。继续向前行进的话，会有"沉没之城"一般的城堡突然出现，城堡内部走出面无表情的小吸血鬼。

便是给我如此感觉的一支香水。

并且，就古龙水而言，这支的留香时间实在可称是业界良心了。出门前喷上三四下，到晚上回房间后仍旧还留有香味。一日，我把白天穿过的卫衣丢在酒店的椅背上，人坐在床上涂身体乳，身体乳是向隔壁屋的朋友A借的，结果，和我同住的朋友B看到我涂身体乳，走过来说："这个香味不适合你啊，也太娴静了一点。你还是适合你自己的香水。"

当时，毫不夸张地，我一边若无其事地说着类似于"娴静一点不是更好入睡吗"这样的话，一边为朋友这句话而在内心欢欣鼓舞，当时的心情，可谓是一种——自己想要传达给他人的人格得到了肯定——这样的感受。

用小说来打比方的话，便是自己倾尽心力写的小说，每一个细节都被人完好无损地接收到，并且给予了我想象上的回馈。

通过这件事，如果想传达什么寓言式的经验的话，那么，可能是：

（1）人的理想人格可以被偶遇的物件反过来塑造；

（2）人为自己而活的时间实在太少，甚至可能很多人，连依照自己心思打扮这件事都是被限制的。那么，至少很多在他人眼中不那么重要的小事上，可以让自己更像自己一点。

另外，如果不是非常亲近的人，最好不要随意向他人推荐自己内心觉得"适合他"的香水为好啊，我这么觉得。

03

香薰机应在的时间 ━━━━━━━

　　我买无印良品的超声波香薰机的时候，还住在大学的宿舍里。

　　那个时候无印良品在国内还未像现在这样大范围地开店，网络商城、餐厅与酒店更是根本没有踪影。比起它"简约、亲民"的原始定位，初进入中国的无印良品，应该是作为"中产阶级的小资生活良品"为人所知的。

　　这当然也和它在中国市场的定价有关，毕竟打工时薪1000日元（现约62元人民币）和打工时薪13元人民币，买一支价值50元人民币的自动铅笔并不是同一回事。更何况，在日本无印良品售卖800日元的自动铅笔，在国内的定价恐怕已经要到80元了……

　　80元的自动铅笔很贵啊……这么对比一下，400元的香薰机是不是一下子便宜起来了呢?

好像也没有喔。

总而言之,当时的我,一如陷入恋爱的狂热一般深深地被摆在店内的超声波香薰机所吸引,仿佛拥有了一个香薰机后,我便可以就此将人生掌握在手中。怀着这样毫无理由的雄心,我在下课之后即坐公交车去了市中心,把一个超声波香薰机抱回了宿舍。

香薰机的设计是典型的无印良品风格,纯白色,半透明的磨砂质感,没有任何多余的装饰,在连接电源后可以作为小夜灯使用,灯光分为明暗两档,是令人感到温柔的橙色,适合夜间不开主灯,放在电脑旁边当作光源。伴随着轻微的水波声响,细腻得像是烟雾一般的水汽轻柔地在空气中升腾消散,只是静静地看着发呆就非常幸福。

并且,这款香薰机还有自动关机的亲切设计,每次最多容纳100ml的水,可支持香薰机运行三个小时,当水用尽,便会"嘀嘀"地响上几声,然后自动停止运作。

于是,在香薰机刚刚摆在我书桌上的第一个星期,我和室友们充分利用了这个功能,四人在晚上九点即各自上床,关上顶灯,只留下香薰机暖橙色的微光与沁人的甜橙香气

（特意挑选了甜橙精油）。

我们在床上半坐半躺，一边玩着手机一边聊着完全无关紧要的话题，同时将大家带上床的零食互相传来丢去，时间如此过去，香薰机自动关机的时候，就差不多是该睡觉的时间。

我躺在床上，鼻腔中还有残余的橙子皮的气味，门外隐约还可以听到脚步声和说话声，第二天有早课，但不去上也没有什么不可以。我想其他三人大概也都不准备起床，那么索性一觉睡到中午便好了。

这样的时光，是后来回想起来，人生当中不可多得的幸福日子之一，我想，未来可能还会有很多令人从心底感到幸福的瞬间，但是，开着香薰机坐在宿舍床上聊天的时间，则再也不可能重新来过了。

写下这段回忆并非是为了怀念大学时光，回忆诚然非常重要，但借这段故事，我想要说的其实是，想要的东西，还是应该尽可能地在最想要的时候拥有，并且好好享受。否则，时间、地点和心情一旦改变，物件对于人的意义，给人带来的满足和愉快便也很可能消失殆尽。毕竟，物只是物，赐予物件以意义的，还是使用与享受物件的人。我们在不同的时间，会需要不同的东西来取悦自己，尽量不要错失对一样东西最为期待的那段时间为好，我这么觉得。

04

电子书的好处

"这一个扼杀另一个,书籍扼杀建筑。"

《巴黎圣母院》中,副主教克洛德·弗罗诺说出了这句名言。类似的话还有许多,照片扼杀绘画,电视扼杀电影,电子书扼杀实体书?

大约是电子书刚刚出现的时候,网络上曾经有过一阵对电子书的恐惧情绪。人们把他们的碎片化阅读归咎为电子书的诞生,认为它破坏了阅读的仪式感和纯粹性。

这里想要引用一段托纳克先生关于书的评论:屏幕阅读给我们迄今为止翻着书页的生活带来了改变,也许让我们失去了一种陈旧的习惯,失去了某种神圣性——当一种文明把书置于圣坛上,书就环绕着特定的神圣性。某种作者与读者之间的独特隐私——超文本的概念必然要破坏这一隐私。

然后，Kindle在某种意义上给了实体书的使用者一定程度的安慰，它使用的是电子墨水屏，看起来与纸张格外相似，在阳光下不会有普通液晶显示屏那种令人难耐的反光现象。它致力于模仿传统纸质阅读的感觉，同时又有着电子阅读轻便省力的最大优点。另外，还有更重要的一点，即它也和纸质书一样，必须在有充足光源的条件下才能阅读。

不过，这个也许为技术所限，也许为情怀而生的特点对我来说则是个完全的缺点。不能在关了灯后的床上看的电子书算什么电子书呢？所以，我是直到2012年，在带背光层的Kindle Paperwhite推出之后，才加入到Kindle的使用者行列的。

我个人对阅读形式并没有什么特殊的拘泥，实体书或者电子书，到底不过都是信息的一种载体罢了。硬要说的话，反而是电子书要更加方便一些。

首先，所有搬过家的人大概都清楚实体书那可怕的重量，将一书架的书打包收拾好，联系物流公司，把书交付出去，在新的家等待物流公司的电话，把一箱一箱的书搬入家中，重新在书架上码好……这种工作做过一次，现在想起来还觉得后怕。

另外，不知为何，最近的实体书似乎有装帧越来越高档、纸质越来越好，分量也越来越重的趋势。这样的书确实很适合在休息日的午后，作为一种仪式感细细品读，但如果想把它带到飞机或者高铁上阅读的话，重量就又成了一个负担。但是不巧，我又是个非常喜欢在公共交通工具上读书的人。

在Kindle出现之前，我日常的大部分阅读基本都是靠手机完成的，拥有了Kindle Paperwhite后，我便毫不犹豫地删掉了手机里的阅读软件。

Kindle无可取代的优点，我觉得有三个：第一点是它的自重很轻。装在包中几乎没有太多的存在感，半点都不会给肩颈增加多余的负担；第二也是它所采用的墨水屏的优点，因为接近纸页的质感，即使长久阅读，眼睛也不会觉得非常疲惫；第三点，是完全对我个人而言的优点，它真的很结实耐摔。

我这个人不算特别大大咧咧的人，至今还没有丢过钥匙和身份证，也没有急匆匆地赶往考试现场、机场、火车站的经历。但是，虽然是这样的我，也难免有几次把手机摔到地上，要么摔坏了音量键，要么摔碎了屏幕的经历（这还不算掉在地毯上的次数），总是放在枕边和桌边的Kindle也不例外，至今为止已经摔了不知多少次，不过，除了外表的划痕之外，其他部分一直都奇迹般地完好无损。

所以，有了Kindle之后，便彻底告别了从前在地铁上小心翼翼地抓着手机，一边看书一边生怕手机掉在地上摔碎的心情了。不仅因为我默认Kindle不会那么轻易摔坏，而且即使摔坏，价值也和手机不是同一档次……

我就是怀着如此现实的想法，每日都将Kindle放在伸手可及的地方。

另外，常听到有人询问使用Kindle是否能够培养起阅读习惯，对此我的态度并不乐观。如果平时就不喜欢读书的话，想要培养起这个习惯，可能需要更加强大的动力才行——比如看一页书可以得到十元人民币之类的，一元也行。

说实话，我的家中——此时此刻，就在我右手边摆有一架似乎附带编曲功能的电子琴，是我的男友送给我的礼物，我自己也多少有些想要征服它的愿望，然而，现在上面的每个按钮究竟是什么意思什么作用，我仍旧一无所知。

当然，以己度人不是好习惯。我仍旧向所有想要看书，又不排斥电子书的人极力推荐Kindle。

了不起的柠檬

　　在东京的时候，我和朋友一起满怀着期待去了一家据说开了五十年以上的猪排店。

　　猪排店就在文京区区役所不远处，远远看去便是极具古朴风情的招牌，写着昭和某年创店——日本街边经常有这样的历史悠久的小店。我们走入店内，找了座位坐下，左右均是身着黑色西装的日本上班族，互相也不大交谈，只狼吞虎咽地把盘子里的东西吃得一粒米都不剩。不浪费食物是日本社会的规则之一。

　　我和朋友一人点了一份猪排饭，为了不浪费特意选了小份。朋友说想要尝尝其他炸物，于是便又多点了一个奶油炸蟹卷，附送了塔塔酱和一小块柠檬——这是重点。

猪排饭端了上来，要说难吃并不难吃，但也绝对未到好吃得想让人狼吞虎咽恨不得再来一份的程度。而且它十分油腻，在吃到一半，猪排不可避免地开始冷掉之后，那种无可救药的油腻感令我们两个都有点难受起来。在觉得自己无论如何都吃不下去的时候，我看到了放在盘边的那一小块柠檬，伸手拿起来挤了柠檬汁在手背上舔了一下，竟一下觉得清爽了不少，至少不会觉得再吃一口便要吐出来了。

朋友看我这么做，也依法将柠檬汁挤在手背上舔了一口。

"怎么样？"我问。

"好像是好了一点……"她说。

这么的，我们二人在开了五十年的猪排店内，一边珍惜地挤着柠檬汁液，一边无比努力地把剩下的炸猪排和米饭都塞进肚子里。

这在旁人看来大概是非常不可思议的景象吧，但我们已经顾不得了——为了恪守不可浪费食物的社会规则。

从店内出来后，我们马上冲向最近的711，买了冰凉的柠檬红茶灌进喉咙里。印象深刻，那是2016年的冬天，新年假期刚刚结束的东京街头。我们因炸猪排饭痛苦万分，而后因柠檬复活。

活过来了——柠檬经常给我这种感觉。

沙拉里要有柠檬汁，煎三文鱼的表面要挤上柠檬汁，吃烤肉时更要蘸柠檬汁。就算只是吃普通的中餐，也要提前在星巴克里点好一杯冰摇柠檬茶。海底捞的柠檬水，更是几筷子牛肉下肚后的最佳慰藉。另外，站在自动售卖机前不知道要买什么饮料的时候，不会出错的一般也是柠檬味。

我家的冰箱中日常存放着柠檬。在超市中一次买一盒，一盒装有六个。留下三个用来做沙拉或者烤鸡翅的配料，其他三个细心地洗净，用小刀切成薄片，将柠檬籽取出（不然会苦），取一个同样清洗干净并擦拭掉水分的可密封玻璃罐子，先在底部铺上一层柠檬片，再浇上一层金黄透亮的蜂蜜，再叠加一层柠檬片，再浇上一层蜂蜜……如此循环往复，装满整个罐子后，放入冰箱冷藏上两天，蜂蜜的甜味已经悉数渗入柠檬之中，柠檬特殊的清爽的酸味也进入到蜂蜜里。腌渍好的柠檬既可用来冲蜂蜜柠檬水，也可以直接拈来放入口中。裹着一层蜂蜜的柠檬片酸甜适中，连皮的部分也可以毫无障碍地一起吃掉。

我第一次接触到蜂蜜柠檬这个词，是从少年漫画当中看到的。在高中的体育馆内，男孩子们汗水淋漓地为即将到来的大赛做着训练，女经理人带着宝矿力与装在透明餐盒里的蜂蜜柠檬出现在体育馆门口，男孩子们一拥而上，饿虎扑食一般将餐盒中的蜂蜜柠檬分吃干净，一边舔着手指上的蜂蜜，一边心满意足地喊着"复活了复活了"回归训练的场景，是小时候的我对于十七岁的夏天最美好的想象。

千真万确，柠檬总和美好相关。

06

现实主义的玻色因

Helena Rubinstein的黑绷带面霜，是我今年的惊喜之一。

它的品牌理念我早有耳闻，即致力于服务那些期望获益于先进科技成果、体验明日美容领域惊人成就的女性。我对"先进科技"四个字似乎有种天然的好感，于是对该品牌也先入为主地亲近起来——当然，这只是我单方面的亲近，它的价格一度让我望而却步。

因为秋天换季过敏，又用了不适合自己的护肤品的缘故，脸上出现了一些发红、发烫的皮肤屏障受损的情况。尝试老方法用LA MER的精粹水急救，效果不是特别理想。如此病急乱投医地先后试了几种护肤品，其中有下了狠心买下的黑绷带面霜——这么写下来，感觉像是十五年前的电视广告的经典情节……广告女主角忧虑地照着镜子叹气，她的朋友走来问她为什么要叹气，她愁眉苦脸地回过头说："换季，又过敏了。"朋友笑了笑，从身后拿出一瓶广告产品："不怕，我们现在有这个啦。"

这个有始有终的广告，和我遭遇的局面基本一致。

黑绷带面霜的全名叫作活颜修护晚霜，顾名思义，主打的是修复功能。它拥有业内最高浓度的玻色因成分，玻色因这个东西，据说是修复和抗衰的猛药。我看过的资料称，它轻松突破皮肤的重重关卡到达真皮细胞层，直接点名通知真皮细胞——皮肤糖胺聚糖和IV型、VII型胶原蛋白起来加班加点干活，把因外部伤害和岁月垮掉的皮肤结构重新支撑起来。

抗衰倒是短时间内并未觉出什么特别，但它的修复实在是太厉害了——

我只能这么说。

这款面霜的膏体是慕斯状的，涂开后是一种哑光的质感。虽然膏体厚重，但是却很好吸收，并不像其他封闭性强的面霜那样像是在表面涂了一层油。如此使用两个星期左右，屏障受损所致的那种发红发烫的感觉几乎完全消失了。

因为我个人的肤质是敏感薄皮，对护肤品的耐受性不算高，护肤时要务必注意流程的精简。所以，在使用的时候，我只是先上一层LA MER的精粹水，之后便直接用了黑绷带面霜，之间没有再叠加其他的精华。这样一个月下来，皮肤的状态要比从前不清楚自己的肤质，只顾将一切我认为的好东西统统招呼上脸的时候要好得太多了。

选购护肤品时，更要谨记选购适合自己肤质的产品。毕竟护肤和购物不同，买下的不喜欢、不适合的东西还可扔到一边，但把不适合的东西涂到脸上，后续则要麻烦很多。

即使是对我来说宛如神迹的面霜，可能也是他人的砒霜。这一点请格外注意。

话说回来，稍微想再说一下刚刚那个有始有终的广告。我深感，"只要怎么样怎么样，就能怎么样怎么样"这种努力了就能得到回应的事，在成人世界里越来越少了，更多的是"已经怎么样怎么样，但最终还是不能怎么样怎么样"这样的结果。但是，科技的世界大概是不同的，在实验室中，仍旧有很多单纯的、原始的希望在：一旦把这个溶液加入那个溶液中，就能产生这样那样的结果。大家一门心思地为了制造出站在时代前沿的产品而努力，就和在玻色因的监督和推动下一门心思搭建着皮肤屏障的胶原蛋白一样，想象起来是让人有些莫名感动的场景。

加油啊。

玻色因用力地叫着。

不要输给太阳！不要输给时间！不要输给压力！而且，你是花了很多钱才买到我的吧？至少不要浪费钱啊！

是，是的啊……

我完全被个性非常现实主义的玻色因说服了。

其实我想说的是，在临睡前护肤的时候，我经常能感到一种"努力"的心情的存在。尽管是白天的时候经常说着"好了好了算了算了就这样吧爱咋咋地了"的自己，但事实上，我却还是下意识地为了保护"自己"这个存在不崩塌而努力着。要吃饭，要睡觉，要看到很多喜欢的东西，要好好对待自己的脸……

即使真的没有人站在自己这一边，但是体内的细胞们，永远都是为了保护自己而在努力工作的。这会不会令经常对生活失望的人觉得被激励到了呢？

07

关于巧克力的幸福电影

电影《浓情巧克力》讲的是一个自由派女性用巧克力拯救了整个压抑的保守派村庄的故事。这部电影上映于2000年，现在看来故事固然温暖，基调却多少陈旧了一些。当然，蜜棕色的巧克力却始终非常迷人，就和蜜棕色的约翰尼·德普一样。

电影中，朱丽叶特·比诺什花了两个小时才终于说服那位永远板着脸的清教徒镇长，我不由得觉得，这搞不好是因为她拿出的不是Amedei Porcelana巧克力的错。

二十岁那年，我成功地从牛奶巧克力和巧克力糖果之中毕业，可喜可贺地成为了一位懂得欣赏黑巧克力的美味之处的大人。在所有黑巧克力当中，我最中意的是Amedei

Porcelana。

这款巧克力来自意大利托斯卡尼，是Amedei兄妹所创立的品牌。每年只生产两万盒，每一盒都有独一无二的编号。这是因为可可豆极其稀少。他们使用的是只占世界总产量3%的Criollo可可豆，它有着奇迹般丰富的香气层次：花香、果香与醇厚的坚果香气在内部达成了一个恰到好处的优雅平衡。

但是，即使是如此完美的Criollo，不同的产地也会有细微的风味差别。Amedei二人组在意识到这点之后，将目光精确地对准了委内瑞拉沿海几乎与世隔绝的Chuao小镇，这里是Criollo可可豆唯一的梦幻产地，因它的抗病性差，随时会被细菌与坏天气破坏，每年的产量不过只有几百公斤。在亲自感受到Criollo的美妙后，他们随即强势地决定，绝对不将这里的可可豆出让给任何人，一旦垄断了最好的原材料，便可令其他巧克力寡然无味。他们与当地政府协商，以高出市场三倍的价格控制了Chuao小镇上出产的所有的Criollo，付出如此高昂的价格换来的可可豆，也必须要配合最为精准复杂的制作。这对兄妹中的妹妹骄傲地表示，为了使成品的口感最为完美，他们制作巧克力花费的时间是市场一般时间的十倍之久，这样制作出的巧克力的顺滑度比一般标准细滑了一倍，绝非加入了各类添加剂的流水线作品可以比拟。

事实也的确如此。

在看《浓情巧克力》的时候，我忍不住想象，假若比诺什莞尔一笑，从红色斗篷下取出一盒编号00001的Amedei Porcelana，老镇长随即双目放光，表示只要把这个巧克力给我，我什么都听你的安排……于是，电影在上演到十分钟的时候宣告结束，剩下的时间，便是众人在一起品尝巧克力的美味。

如果有这样的一部电影也不错吧？场景是一个郊外别墅，可以是《了不起的盖茨比》里面的那种，出场人物在八到十人之间，人人都有自己的工作，都算是在自己的领域内叱咤风云的人物，但是，他们此行的目的只有一个，就是品尝巧克力。灯光下，身着白色西装的侍者将装在托盘中的黑色巧克力摆到桌上，人们一边从露台欣赏远方的城市灯光，一边品评巧克力。摄像机则捕捉他们脸上幸福陶醉的表情。电影上映时，电影院会同时售卖巧克力或者巧克力味的爆米花，电影票上写出提示：观影时最好请携带巧克力。

这大概是我个人的叛逆想法：电影为什么非得传达什么社会意义，或者非得让人感动流泪才行？甚至于什么"看完了这部电影我用掉了两包纸巾"这样的话，怎么都能够成为评判电影好坏的标准呢？要是我的话，就想拍一部让世人看完都忍不住去买巧克力吃的幸福的电影。

"Amedei Porcelana巧克力，"电影的女主角会这么说，"你不能说它是入口即化，因为入口即化的东西太多了。说它醇厚复杂，也有那么一点抽象。干脆，你就想象你与一位健康的黑皮肤男士的邂逅吧。"

那位黑皮肤男士的气质是南美洲鲜烈的阳光与天堂瀑布的结合，又包裹着活跃的天然莓果气味。他邀你走下舞池，和你共舞一曲，你们的舞蹈是一场短暂曼妙的探险，一曲终了，他送给你一个馥郁的、带着俏皮的酸味的吻，它并不很热烈，或者可以说是收敛，但让人迷醉又意犹未尽。

这就是Amedei Porcelana。

08

细节是重中之重

　　新家装修完后，我花了很长时间才选到一个合心意的纸巾盒。

　　在过去吃过苦头后，我便发誓再也不会退而求其次买一些替代品。

　　想要的那个因为各种原因不能买，于是这个应该也可以吧，看着也没什么不好的……这么想着买了替代品回家，虽然当时在自己强行施加的各种心理暗示下勉强接受了替代品，但慢慢地，终究还是看替代品越来越不顺眼，最后，还是买了原本想买的那一件，结果替代品便成了完全无用的被浪费掉的东西。

　　而且，这样的情况还算好的，还有这样的情况：买了替代品回家，在两个月后实在忍受不了，还是想买原本那样东西的时候，结果发现那东西早就断货很久了……于是家中的那个替代品，便完全成了悔恨和遗憾的证明。

"都是你的错！如果不是你的话，我才不会是今天这样……"

不过，也没有悔恨到这个程度啦。

说回纸巾盒，因为我家的整体装修风格比较偏向于暗色调，所以，不少比较流行的田园风布艺纸巾盒、无印良品的藤条编织纸巾盒、贝母纸巾盒，摆在家中总有些违和感。最终选择的，是Harbor House的一款牛皮纸巾盒，它是一个我很喜欢的美式休闲家居品牌，经营品类从沙发到调料瓶应有尽有，是一个可以在它家将所有家庭装饰都选购齐全的品牌。这款纸巾盒温暖的棕色、特殊的做旧工艺，自然的纹理和手感都深得我心，将它放在桌上的时候，我顿时觉得：啊，的确就是它了。

我觉得，决定房间印象的，除了当初花大时间装修时所确定的风格之外，更在于房间当中的种种细节。明明是一张颇具后现代主义风格的火烧石餐桌，如果上面就这么放了一包蓝色塑料包装的Vinda纸巾的话，则完全是令人绝望的风格全毁。

除了纸巾盒之外，家中的清扫工具、衣架、收纳用具等也均是同理。务必要注意风格上的一致性，特别要注意的是，务必不要在吃完一盒坚果或者酸奶后，觉得"这盒子还有用啊"而把盒子留下装新的坚果。想要生活在一个看起来毫不马虎的家中，细节是重中之重。

话说回来，Vinda纸巾在纸巾这个领域内确实品质很好，但是包装设计却也和所有品牌的纸巾一样，是让人在使用前会毫不犹豫地拆掉的那一种呢。或者说，设计师们是已经预见到了"无论如何都要被拆掉"这个结果，所以才把设计做成这个样子？还是说，纸巾的包装设计只有做成这样，才能凸显品牌的特质呢？

似乎是大学时代课上讲过的话题，但是如今已经忘得一干二净了。

基本款的魅力

近来穿过的非常好穿的小黑裤是American Eagle的。这是一个主打平价牛仔裤的美国品牌，价格也确实非常亲切，如果在折扣活动的时候购买，一条只不过200元左右（甚至更便宜）。

裤子的弹性十足，质感柔软又完全不会松垮没形，虽然平铺的时候看不出来，但穿上后会将腿形修饰得很好看（至少和自己比很好看），而且又因为是黑色，天然地具备显瘦效果，它一度成为了我整个冬天最喜欢的裤子。

大家比较喜欢裤子还是裙子呢？

我两种都喜欢，宽大的卫衣配上一条长纱裙，有种俏皮的优雅感。要是配上破洞牛仔裤或者这样的小黑裤的话，就显得酷了不少，是一种轻快的随意。

在还不怎么懂得搭配衣服的时候，我买衣服只喜欢买设计感很强的款式，没有任何装饰的基本款是绝对不会考虑的。但是这么一来，衣柜里就充满了各种争奇斗艳的衣服，上半身是带有维多利亚式束腰的灰色格子衬衫、oversize的卫衣、以粉红色为主色调并印有满身香水瓶的西装外套；下半身是夸张的喇叭腿牛仔裤、拖到脚底的未来感十足的银色半透明纱裙、长度不到膝盖，后面贴着两块毛皮装饰的黑格子短裙……单看都是很引人眼球的设计，却全然无法把它们组合到一起。

切实地感到无法搭配的危机后，我才开始学着买基本款。

小黑裤的好，在于它实在是一件能轻松和任何风格相融的单品。我自己平常的穿衣风格偏向于休闲风，是无论如何都驾驭不了高级羊毛衫和高跟鞋的类型。小黑裤穿在这样的我身上非常合适。但同时，我的一位平时以优雅知性的风格为主的朋友，穿上小黑裤后也全无"这是穿了其他人的衣服吧"的感觉。

并没有特别的自身风格，通过穿着者的风格来改变气氛——柜台上基本款的单品，大概多是为此目的存在的。在街上见过坚定地只穿着基本款的人，是一派优雅自信的从容。

不过，要完全做到靠自己掌控衣服，而非让衣服的风格来束缚自己，这可能是一项需要长久的训练才能完成的事。我自认现在的我还不具备这样的能力，还需要靠有破洞或者没有破洞的小黑裤来区分想要向他人传达的不同心情，所以说，今年大概也要请多关照了啊，American Eagle。

各自的坚持和努力

刚刚写到裤子，想要继续服装这个话题。

我和男友都早已经进入了适婚年龄，朋友当中顺利走入婚姻殿堂的也有几对了。他的一位同事结婚三年，年纪三十出头，现已完全发福发成了另外一人，再看他的新娘，也和他完全一样。

他们在新家招待我们共进晚餐时，二人共同将婚后发福这件事称为"幸福肥"，并解释说既然已经结了婚，如果身材不比从前发胖的话，会令人怀疑是否婚姻不幸，生活水平不比婚前，所以要通过发福这回事向他人证明自己的幸福。

但是，当我们回到自己的家中后，男友对此感到非常恐惧，他似乎觉得发福已是超过三十岁的人无法避免的宿命，导致他想把原本晚餐要订的披萨换成蔬菜沙拉这一程度。

"三十岁会发福吗？"他问。

"你问我，我也没有到三十岁……"我只能这么回答。

不到三十岁的我们，身体还没有发胖的迹象，也暂时没有在衣服的尺码上遇到障碍。但是，因为他的同事，我们突然觉得面前降临了一种莫名的危机感。

男友经常穿的服装品牌基本为尺码不大亲民的日本品牌，许多衣服都以均码为主，最多不过分成0码和1码，也就是说，身材在这个尺码的限定范围之外的人，是压根无法穿进去的。

身材发福到穿不下衣服的程度，只是想象就令他（也令我）有些心惊胆战。

他最近中意的服装品牌是起源于日本原宿的Bape的年轻副线Aape，现已经被香港I.T集团收购，是个活力十足的休闲品牌，而且价格比起来Bape要亲民许多。

我很喜欢这个牌子的卫衣，它足够厚实，自然也足够温暖。足以靠一件厚卫衣和一件大衣挨过北京的冬天。他的一件黑色套头卫衣和黑色拉链外套，已经被我毫不留情地抢来变成了我的衣服。我喜欢带一些男孩子气的打扮，于是宽松的男装卫衣，满足了我内心对于少年感的想象。

我们都喜欢穿比自己的尺码大一点的衣服，觉得身体在衣服中晃，而非被衣服包裹着的感觉更加适合我们。但是，一旦发胖的话，这样的事便势必再也不可能了。

不过，想着那名男同事乐观而幸福的脸，我又觉得，发胖好像也算不了什么大事。

记得蔡澜先生在《随心随意去生活》当中犀利地写道：嫌自己又老又胖的男人和一天到晚想着去整容的女人一样可笑。

归根结底，依照自己的心意活着，而不是被社会对于"美"的标准所约束，是生而为人的重要之处。有自己的信念，并身体力行地贯彻这一信念，是一种十分了不起的生活态度。

年轻要比年长好，瘦要比胖好，这些想法，或者事实上都是没有任何理由的误区。

这个时候，我一度觉得我们对于三十岁的恐慌，对于发胖的恐慌也成为了一种可笑的罪恶。但是，转念一想，我们也是为了我们自己在审美上的坚持而努力的。我们为了能够好看地穿着衣服而保持身材，与我们不同的人，则为了愉快地生活而满足口舌。任何一方都没有什么不对之处。

但凡把话题的高度上升至时代，乃至整个人类的高度，那么话题便无法进行下去了。

比如有人大可对我提出这样的问题：女人为何要穿男装？女人为何不穿高跟鞋？对此我也只能毫无说服力地回答：因为好看……

而不想将话题引向任何社会议题方向。

只是单纯的个人审美罢了。

我想，审美和生活态度是一致的，每个人都以自己的审美去处理自己的人生，并依照自己的规则努力践行。我们身上穿的衣服，使用的东西，就是我们内心的体现。它不需要对任何人解释，只需要让自己满意。

同时，也没有人可以用自己的审美，站在圣人的角度评判和要求他人。将这一点作为共识的话，世界上的争斗也许会少那么一些。

意大利面与自由时间

村上春树小说的男主角们，总是在煮意大利面。

失业的时候要煮，妻子离家失踪的时候要煮，女朋友离开他的时候要煮，天降怪事奇闻不知道如何是好的时候，总而言之，先煮个意大利面吧。而且，只是这些还不够，他还写了一篇名为《意大利面之年》的小说。

喜欢这种写作风格的人和讨厌的人都不少，我自己是喜欢的。

一个大多数时候都独身生活的男人，一边听着爵士乐，一边"咕嘟咕嘟"地煮着意大利面。将水煮开，加入一点盐和橄榄油，将意大利面放入锅中。这段时间，就做一些其他的准备，把蒜切成蒜片，辣椒切成辣椒片，培根切成小块，还可以准备一道简单的莴苣黄瓜沙拉，浇上清爽的沙拉汁，是意大利面的绝佳伴侣。

村上春树在《意大利面之年》中说：作为规矩，我煮意大利面条，吃意大利面条，都是独自一人。我确信意大利面条是一种最适合一个人享用的餐食。我真的无法解释为什么有那种感觉，那种感觉就是在那儿。

我也觉得如此——或者我完全是被他的文章所影响而觉得如此。

一个人住在东京的公寓的时候，我给自己做的最多的晚餐就是意大利面。一方面是那里的食物不合口味的居多，虽然寿司和怀石料理都非常美味，但终归是不可能每天都去吃寿司。当把超市和便利店的食物（各种炸物、饭团、盖浇饭）统统都吃厌后，唯独意大利面还没有吃厌。

超市中有各种形状的意大利面，根据酱汁的不同，选择不同的形状。最传统的博洛尼亚肉酱其实应该搭配扁宽的意大利面，以保证送入口中的面条和酱汁的数量的平衡。如果随手拿了最普通的直身意大利面的话，最后不当心就会剩下满满一个盘底的肉酱，为了避免浪费，便不得不用叉子把失去了意大利面的酱汁吃掉……这不算是意大利面的完美结局。

螺丝形状的意大利面，很容易挂上酱汁，在做各色沙拉的时候经常会使用；贝壳面，形状看起来像是贝壳，最适合搭配奶油酱，也可以用来做汤面；笔管面，适合浓稠的蔬菜酱，中空的内心很容易被酱汁填满，每口都非常满足。

我平时习惯于买5号直身意大利面，搭配上用橄榄油为基础的轻薄酱汁。酱汁的制作过程简单不耗时，是一人晚餐的上上之选。

我最喜欢的煮意大利面的场景，是晚上六点左右，没有打工，学校也没有课程。在因故意只开了一盏灯而略显昏暗的厨房中，一个人静静地看着铝锅中的水翻滚着泡泡，发散出的蒸汽将脸蒸得发烫，小麦粉的香气与番茄酱的酸味混在一起。是一个完整的封闭着的空间，我可以拥有并且掌控这间厨房和这段时间中的全部。

煮意大利面和吃意大利面的时候，我一般什么都不特意去想，就在眼前滚滚的蒸汽中放空着自己的大脑，时而觉得蒸汽不似蒸汽，意大利面不似意大利面，我自己也不似我自己。真正的我并非位于确定的世界上的某个城市，而是位于不知名的，还未被任何人所发现的某个地方。

这段时间约可持续一个小时左右，到我把沾有酱汁的盘子洗净为止。

意大利面就是这样，最适合一个人吃的东西。

我生命中为数不多的真正觉得自由的时间，一部分都是意大利面所赐。或者说，我借由意大利面这个存在，寻找到了于我而言珍贵的个人时间。

后来又和朋友一起去了银座的某家餐厅吃过一次意大利面，除了意大利面之外，还点了牛排、饮料和色拉。食物的味道诚然非常美味，意大利面的火候也煮得恰到好处，但是，餐厅中的意大利面——尤其是两个人一同分吃的意大利面，已经和一个人在小厨房中煮出的是截然不同的东西了。

设计与舒适同时具备

自从小白鞋流行起来之后，街上穿运动鞋的人越来越多了——

这是我对近年脚下流行趋势的直接感受。

我是非常喜欢运动鞋的，这个趋势当然令我非常开心。因为这么一来，好看的运动鞋的数量势必会变多，也会有更多专注于制造运动鞋的品牌入驻购物中心。

终于告别了那个进入购物中心后，满眼都是高跟鞋和皮鞋的噩梦时代啊。

我心怀惊喜和感激地这么想着。

在运动鞋中，较之号称"可与一切风格搭配"的鞋子而言，我更加偏好在设计上具有个性的款式。哪怕一双鞋子只能和一套衣服搭配也不要紧，只要在这套搭配上做到了百分之百的平衡，便是可以穿上脚的鞋子。

在这样的标准下，我最近偏好的一个运动鞋的品牌是ASH。它是个2000年才在意大利成立的年轻品牌，设计师为法国人Patrick Ithier。他称，在设计过程中，他会混合一些鲜明对比的风格，开发出不同形式的配饰以及不同材质、不同颜色的拼接。比如白色牛皮拼接铆钉元素、沙丁蕾丝布拼接刺绣，等等。

2017年，ASH的概念店在上海恒隆广场揭幕，纹理墙和金属架橱窗配合小型射灯，颇具后现代气息的风格相当引人眼球。并且，Patrick Ithier的设计理念中，将看起来截然不同的、似乎也没有任何结合可能的色彩和元素组合在一起这样的想法是我的心头大好，甚至在写文章的时候，我也试图尝试这样的遣词造句方式——但当然远没有Patrick Ithier做得成功。总而言之，因为设计师的关系，我对这个品牌的好感马上更高起来。

要求太多固然不好，但是，在我的内心对鞋子的期望中，总是既期望它的款式能够满足审美，穿着感又不要太糟糕为好。这双ASH的MISS FLY，我在第一眼看到它的时候，就深深地被表面的蜜蜂和蝴蝶的金色刺绣所吸引，而且连试都未试就直接在网络上下了订单。

　　因为外表看起来实在不像一双太轻便的鞋子，我就也对它的舒适度没有抱什么希望。但是，鞋子寄到家中，我发现它竟然意外地非常轻，可能不过只是同品牌的另一系列的滑板鞋三分之一的重量，也许并不比Onitsuka Tiger的那双经典款重上多少。我穿着它，陪来北京玩的朋友走遍了南锣鼓巷、烟袋斜街和后海（虽然至今不知这三个地方到底有何好逛），脚下竟没有感觉到半点疲惫。大概是因为它带有增高运动底，回弹性非常好的原因。

　　诚实地说，为了尽可能地多穿这双鞋，我最近穿深色系衣服的频率简直高得不像话。我啊……真的是不断在被周围的东西所影响呢。

整理从外到内

　　我的衣柜是开放式的，但是，众所周知，北京的空气质量实在不怎么好，事实情况根本不允许我把衣服都摆在外面。花了一点时间接受了这个残酷的事实后，我开始认命地购买衣物整理箱。

　　整理衣物是一件非常重要的事，我知道有许多人非常享受把衣物随手扔在沙发上和床上的感觉，似乎被乱糟糟的衣服簇拥着才有生活的实感，诚然，这件事自然因人而异，我也不可能站在什么高高在上的角度去教育他人，说什么生活在一团混乱之中的人并没有生活情趣可言——也许他人的生活情趣就寄于混乱之中也说不定。因此，我所谈论的，只是我个人在整理衣物中的经验，并且，若有希望整理东西又不知从何下手的人可以从中得到参考的话，那便更好不过了。

山下英子在《断舍离》中，提到一个我很喜欢的概念：断舍离的主角并不是物品，而是自己。这是一种以"物品和自己的关系"为核心，取舍选择物品的技术。因此，要具备的思考方式并不是"这东西还可以用，所以要留下来"，而是"我要用，所以它很必要"。

所以，那些当时或者花了贵价买回来的，或者五年前很喜欢的，或者已经穿旧穿烂的衣物，若开始犹豫"这件还穿不穿呢"，那么，基本便可作为不再穿的衣物，小心翼翼地叠起来，然后与它郑重地告别。我不喜欢将不要的衣物当作家居服穿，穿着已经不再适合的衣服的时候，觉得自己会从内里透出一种随意感，连同工作都会受到影响。

我再补充一点个人的经验，即用以收纳衣物的整理箱，要选择自己喜欢的样式，而不是随随便便拖一个箱子作罢。好的收纳工具，可以进一步帮助人拣选"可以放入其中"的东西。

男友过去曾经兴致勃勃地从Ikea搬回一个蓝色的、底部带滚轮的收纳箱，称可以把暂时用不到的衣服啊乐高玩具啊书啊都扔到里面，看起来干净整齐。结果，他的确是把所有用不到的东西都扔进了里面——并非暂时用不到，而是永久性地用不到。我第一次看到那个箱子，是在他的床下，结果过了两年，那个箱子还是一直躺在床下，既像是埋藏在土壤深处被遗忘的恐龙化石，也像是被大家庭内所有人共同遗忘的孩子。

"所以说，那里面的东西到底有什么用？"我忍不住问。

"这个……搞不好什么时候就会用到吧。"他说。

我无法苟同地摇头，不过，毕竟房子是他的房子，箱子也是他的箱子，我虽然是他的女友，也没有资格对他整理房间的方式指手画脚。

还是说回我自己吧。

我选择的是无印良品的PP整理箱，一共有三个尺寸，可以满足不同的空间所能容纳的不同大小。由于是抽屉式设计，可以非常方便地叠加使用，抽取也相当轻便。原本我只买了三个，而因需要收纳起来的东西越来越多，最终买了十四个，填满了衣柜的绝大多数空间。

箱子是半透明的磨砂质感，隐约可见内容物的颜色，但又不会将内容完全暴露出来，这是我喜欢的。同时，在收拾的时候也要务必注意，要将色彩搭配和谐的衣物放在最外侧。如若把粉红色家居服不小心放到了最外侧，一眼看去就又是种灾难性的色彩搭配。粉红色这个颜色，虽然穿在身上非常可爱，但放在家中的话，是个完全无法和其他物品一起搭配的可怕存在……我是这么想的，所以购买家居物品的时候，会尽可能地避开粉色。

　　另外，做家庭整理这件事，我觉得同时也是厘清自己内心的一个过程。通过对无用之物的舍弃，对爱用之物的确认，你会愈加清晰自己是什么样的一个人。人不可能一直保持同一个样子，东西也必定是有舍有得的。

一四七

今天有了这样一种心情：
好像在笔直的
看不到头的街上走路。

读书与石川啄木

诗可以提醒人保持对生活的专注——总觉得无数人在无数场合说过这句话。

我并没有成为诗人的伟大理想，也并无什么"要记得对生活保持专注啊"的横幅式想法。但是，因为工作原因需要保持大脑的敏感性，就习惯在手边放一本诗集。近来最喜欢的，是朋友推荐的石川啄木的《事物的味道，我尝得太早了》。

这是一本日本短歌集，过去我对此种艺术形式虽数度耳闻，但总缺少契机去接触和理解。这本诗集，其实也是那位朋友先在微信上对我数次推荐，之后直接买来寄到我家中的，要我无论如何都要看，看完一定要给她答复。

给我推荐什么东西是很难的——所有朋友都有此共识。

如果只是普通地对我说一次，那我必定是不会去看的，大概几天后会连她推荐了什么都一起忘掉；多叮嘱上两三次的话，我差不多可以记住名字了；如果日复一日地用我会感兴趣的方式向我推荐的话，那好吧……我无可奈何地想，我去找来看一看。

所以这样的我，为什么要在这里推荐我喜欢的东西呢？

完全搞不清楚这个问题。

不过，既然事情已经开始，我当然会努力去做，希望可以让各位对这里所提到的东西产生哪怕一点点的兴趣。

就在快递员敲我的门之前，朋友是这么对我说的："你知道二十七岁俱乐部吧？"

"知道啊。"我说，"那可是二十七岁俱乐部。"

"石川啄木是二十六岁死的。"她说。

这里解释一下二十七岁俱乐部，它指的是一群过世时全为二十七岁的摇滚与蓝调艺术家所组成的俱乐部。有人说过这样的话：诗人和乐手往往死于二十七岁，如果过了二十七岁这个坎，那么一切都有希望和转机。

不过，石川啄木的死法和二十七岁俱乐部中的人并不算是一回事，他的生活窘苦，夫妻均患肺病，不仅无钱治病，甚至家中还经常断炊。在他死前，友人给他出版了歌集《悲哀的玩具》，售得20元，他才得以拿钱去买药，但半个月后他终于仍旧死了，药还留下半瓶。

若他活过二十七岁，事情是否也会产生转机呢？

我无法做出判断。

总而言之，我在气候潮湿的夏末的厨房翻开这本诗集，一边等着咖喱煮好，一边非常随意地翻读着。结果，第一页的一篇短歌即抓住了我的心：

对着大海独自一人

预备哭上七八天

这样走出了家门

这本诗集——确切地说它可能也不是诗集，应该算是介于俳句和现代诗之间的东西。总而言之，它是本很有意思的诗集。通篇都是湿漉漉的恍惚感，有点伤感，也有些背德的残酷性，还有不少可爱的地方。读到一半，总觉得卡佛的小说中也有相似的气质，那种裹在日常性之中的非日常性，只字片语背后藏着的巨大的故事，令我非常着迷。

结果，这本书就放在了我的厨房当中，一边试咖喱的味道一边读上几篇，讲话的语气似乎都被它所浸染了：

煮了一锅咖喱
偷偷加了巧克力
没有任何人知道
没有一个人尝得出来
包括我自己在内
总觉得唯独对巧克力很不公平

话说回来，我基本上不会正襟危坐地去读什么书，书架上的书，但凡是放在书架上的，那大体是一年半载都不会拿出来翻一翻的书。寻常会翻的书，大致一部分放在床头，一部分放在沙发旁边，一部分放在厨房，另一部分放在洗手间里。想读的时候拿起来读，不想读的时候便扔在一边。在我的经验中，抓住片刻的时间所阅读到的东西，反而会留下相对更加深刻的印象。

或者也有人要问，那什么时候都不想读该怎么办呢？

我的回答是：那就什么都不要读就好了啊。仍旧是那一句话，让物件变成你的东西，而不是你被物件所支配。无论是读书还是其他什么，都是一样的道理。同时——虽然这么说可能对作者不公，但是，我觉得在读书的时候，也没有必要非常努力地要求自己去理解作者的本意——毕竟又不是在做语文阅读题，只要找出一种合适自己的阅读方式，书便得到了书的价值。

泡面要在愉快的时候吃

　　吃泡面的心情是至关重要的。

　　或者说不止泡面，享用任何食物的时候，心情都是至关重要的一环。

　　说泡面之前，先谈一件另外的事吧。

　　我至今对牛肉拉面有些心怀恐惧，归根究底，是因为我的男友。

　　我们在最初恋爱的时候，他曾经带我去吃过一次牛肉拉面。我自己原本是很喜欢牛肉拉面的，用牛骨炖煮的清汤鲜美可口，配合上偏硬的面条，以及香菜、香葱和红亮的辣椒油，堪称是可以让人感到温暖的幸福的食物。

　　那天，我们面对面坐着，各自吸着碗里的拉面，大概因为我想要没话找话一下，或者那天的牛肉真的被汤汁浸泡得非常入味，于是我随口夸赞了一句："这个牛肉很好吃啊。"

真的，那时我并未打算让他回答我什么，全然没有想让他点头称是，或者干脆把自己碗里的牛肉也夹给我的意思。而他听我这么说，先是点了点头，然后低头吃了一口面，像是想清楚了什么事一样，向服务员招了一下手："麻烦加两盘牛肉。"

不，等一等，我不是这个意思啊！而且为什么要两盘两盘地点啊？

我看着面前摆上的两盘牛肉，完全不知道说什么好。

当然了，现在的话，我肯定会大声制止，不过毕竟刚刚恋爱，人总是要掩饰矜持一下。人家既然已经点了，又可以说是特意为我而点，不吃的话似乎非常不礼貌……我别无他法，只好一边假装着惊喜，一边头痛地对牛肉伸去筷子。

但是，我并不是个特别喜欢吃肉的人，因为我们点的拉面原本就是多加了肉和蛋的，只是碗里的牛肉片便已经令我有些吃不消，又来了两盘子这种事实在是……

结局是我们最终也没有吃掉多点的牛肉，而是用塑料袋打了个包给我外带回家——因为他第二天要出差。而我，又本着一个不可浪费的原则，又点了两餐牛肉拉面的外卖（当然是最基本最便宜的），才终于把全部的牛肉片解决掉。

因为完全不是在"想吃牛肉拉面"的时候吃下的拉面，所以，在我心中，牛肉拉面从此便留下了不太好的印象。

说这件事，事实上是想说，泡面在很多情况下，是不是被当作了"没有其他食物而不得不吃"的东西呢？在不得已的情况，作为不得已的选择而吃下的泡面，会充满很多糟糕的、不愿重复的记忆。

男友便是如此。

他自己说，因为他的大学食堂距离教室和宿舍都非常远的缘故，大家都不大愿意出门吃饭，那时的外卖也不像如今这么发达，于是，就日复一日地吃了像小山一样多的泡面。这么的，泡面几乎成了他一生不愿再碰的食物。所以，他在看到我时不时将泡面丢入购物车，且吃得津津有味时，表现出了十足的不理解。

这是因为对我来说，和泡面有关的时间，都是充满幸福的时间。

我基本上不把泡面当作正餐，而是当作下午的加餐，或者晚上的夜宵。

　　日本日清公司经典的海鲜面，是我最喜欢的泡面之一。它的一杯只有75克，恰好满足了"想吃一点东西来满足口腹之欲，又不想吃很撑"的心理。海鲜风味非常清爽，大颗的金黄色鸡蛋吸收了汤汁，一口同时吞进面条、汤和配料，是种世界被一瞬间照亮的感觉。

　　最喜欢的泡面时间是在深夜，我在电脑前写稿，写到饿了去泡一杯面，静静等待两分钟时间（我一般只泡两分钟），用筷子将面和配料搅拌均匀，第一口一定要先喝暖暖的汤。

　　吃泡面的时候，我什么都不做，不思考稿子的事，也不看什么烧脑的电视剧或电影，只把自己全心投入到享受深夜的泡面这件事上去。食物全心全意地将自己奉献给我，我也理所应当要用同样的认真态度来面对食物。

　　另外，比起下午，我觉得深夜更加适合泡面。因为这是一个不容易被打扰的时间。如果是白天的话，免不了就会收到这样那样的工作消息，其中还包括马上就必须回复的那一种，这么一来，只能把剩下的泡面三下五除二地吃掉回头去工作，就算暂时对消息视而不见，内心也总是无法完全安定。于是，关于泡面的记忆，就又成了糟糕的记忆。

要守护食物的纯粹性才是啊。

不过，失去了纯粹性的食物是否还能回归纯粹的幸福呢，我还不清楚。至少此时此刻，我仍旧看都不想看牛肉拉面一眼。对不起啦，牛肉拉面。

仍旧还在需要安抚吗

我有一个放在床上的毛绒玩偶——

不，我有一堆放在床上的毛绒玩偶。

按道理说，小时候也没有过缺少玩具的悲哀记忆，但为什么变成大人之后，还是对毛绒玩偶异常执着呢？

我也不知道。

我的床上暂时有一只恐龙、一只鲨鱼、一只蝾螈、五只兔子、五只熊、一只企鹅、一只独角兽和一只羊，其中多数是来自英国品牌jELLYCAT。这是一个致力于制造柔软的毛绒玩具的公司，大概因为原始定位是"给婴儿的安抚玩具"的关系，质感的确柔软得不像话，表面的绒毛非常顺滑，柔顺到让人忍不住想要把它贴到脸上揉捏起来的程度。

小时候玩玩偶，喜欢的是和它们一起交流，给它们编造故事的感觉（至少我是如此）。现在成人之后，怎么都不至于坐在一个地方，以兔子为主角编织什么梦中童话了。不过，倒是试着给兔子们编过一个黑手党题材的故事，最早买来的粉色兔子是组织的核心，灰色兔子是副手，白色兔子是沉默寡言的文身师，因为双十一的龟速物流，不得不在集散中心滞留了好几天的棕色与蓝色兔子是历尽了各种艰辛后终于找到归处的沉默寡言的神枪手……大概就是这样的设定。

　　然而，它们的故事像是无论如何都无法顺利开始。虽然做了复杂细致的设定，但是设定像是无法真正被它们所接受吸纳一样永恒地浮在表面。棕色兔子和蓝色兔子在执行任务中受伤的悲壮故事进行到一半，蓝色兔子说出"杀掉他也不关我的事"之后，影片便一下子进入卡顿和回溯，过去上演过的场景反复回放，说过的台词一遍一遍重复，但始终不能往前推进一步。

　　所以，它们绝大多数时候，都是一言不发地坐在我身后的床上，没有名字，没有身份和设定，回头看到它们的时候，莫名会有一种令人安心的，被什么注视着的感觉。

　　莫非我也需要安抚玩具吗？

我不是能够养宠物的人，并没有足够的信心负责"把自己的生命交给了我"的宠物的心情，也觉得没有这种资格接受它们无条件的爱，也不大想面对它们的死。而既是毛绒玩偶的话，就不需要面对这种问题。

归根结底，或者还是我单方面地需要某些特定时刻的安慰和治愈，又不愿付出什么的原因。

三十厘米的毛绒兔子，眼睛不过是个塑料珠，自然不具备任何感情，却好像又可以给予我很多东西。

曾经看过一幅漫画来着，说床头的小熊可以帮助人抵抗梦魇。玩具小熊手持骑士剑，和人心中的恶龙对抗的场景，莫名让我觉得有种少年漫画式的燃。不过当然了，我还是经常会做一些糟糕的梦，但床头的兔子们则完全不为所动，这往往令我松一口气。

话说回来——我在抱着兔子，把它的耳朵打个结又解开的时候想，似乎除了jELLYCAT，其他玩具品牌不怎么会想要做兔子玩偶吧？兔子这种动物，好像不似熊一样，能够在完整地保留自身特征的同时又能够做到"看起来可爱""好抱""柔软"等几点。米菲兔和美乐蒂诚然非常可爱，但做成玩偶之后，抱在怀里时就觉得有些僵硬，缺少那种"正在接受拥抱"的感觉。

在这方面，我想JELLYCAT绝对是成功的。无论是鼻子的形状，还是耳朵的大小和下垂的角度，都令人觉得"这个是兔子啊"的同时又具备玩偶的柔软可爱。而且，它的四肢和躯干形状的设计，让它在被人抱着，或者躺在人身上的时候，有一种接近真正的动物的依附感。

设计是一件非常了不起的事，我这么觉得，每每看到什么人工的事物，觉得浑然天成的时候，我可以明白，这背后凝聚了职业工作者无数次的探索和失败。毕竟眼睛的位置稍微偏了一些，或者五官的比例稍微拉宽了一些，便会形成截然不同的外貌和性格——玩过捏脸游戏的人大概可以更深刻地理解这一点吧。

密封罐只有小尺寸

　　两年前的春天，因为突然收到了两箱草莓的缘故，我宛如要与自然法则抗争一般玩命地制作着草莓果酱。

　　草莓是一种非常脆弱的水果，只要搬运、保存、清洗之中稍稍有一个细节做得不那么规范，只消一夜，它们便会如同对空气、水、温度乃至房间内的人类完全失望一般放弃维持美丽的姿态。即使所有步骤都没有任何问题，草莓们的信念也从未维持过三天，一旦它们发现三天都没有人来品尝它们的话，到了第四天，它们就必定会对打开盒子的人摆出一张"没办法，今天的我只能是这样了"的残破不堪的脸。

　　过去已经把不少死掉的草莓倒进垃圾桶了，所以这一次无论如何都不想这样的事再重复发生。我尽最大可能努力消灭着这些草莓，即使如此，却也难以避免其中那部分心灵异常脆弱的草莓接续变得遍体鳞伤的命运。

"你们啊，"我一边洗草莓一边说，"你们知不知道这样是不行的，我不来吃掉你们并不是你们不好吃的意思，不能这样没有耐心，要知道你们之外的所有人都也是背负着重担顶着风雨活着的，有的时候就难免会让你们受伤或者多等待一下，不能因为人几天不来就这样自暴自弃，在自己的价值被其他人抹杀掉之前先行一步自我了断听起来是很帅气没错，但是你们不觉得努力证明自己更好吗……"

草莓们回以长久的沉默。

没有办法，我想，两箱草莓打死都不可能吃完，为了延长保存期限，只能将它们做成草莓果酱。

使用的密封罐是在Ikea买的，记得价格十分便宜。Ikea就是这样一个地方，一旦踏入其中，就忍不住莫名其妙地买了很多当下用不到的东西……虽然说是人要通过把握自己的所有之物来确认自己的存在，但也有不少时候，不小心就被外物改变了自己的想法。

在拥有一个密封罐之前，我是对自己煮果酱这回事没有太大兴趣的。

坦白说的话，我虽然不是那种昼夜颠倒，整天靠着垃圾食品过活的人，不如说可能还是自己做饭的时候比较多，不过，我对外卖炸鸡、添加剂、防腐剂等这些诞生自现代社会的健康的负面产物，并没有过多的抵触情绪。

所以果酱什么的，在超市里买就好了吧？

然而，草莓的性命岌岌可危，且恰好又有密封罐，于是，我不得不对着食谱开始学习草莓酱的制作方法。

制作草莓酱是件简单但费时的工作，先要将草莓洗净切成小块，再加入糖腌渍上一个下午，最后将它们一齐倒入锅中慢慢熬煮，在撇去表面浮沫的同时，还要留意火不能开得过大，直到水分完全蒸发干净变成黏稠的胶质才算制作完毕。这样的草莓果酱大概可以冷藏保存两个星期左右。

拯救草莓的工作平安终了。

在将草莓酱装入密封罐的时候，我忽然想起朋友曾推荐给我的一部漫画，是关于抑郁病人的故事。一些旁人看来小得不能再小的事，对主人公的内心却都是有如海啸地震一般的冲击。她说：如果形容我的不安和恐惧的话，就像头上顶着一杯水，只要洒出一点点就会出局。

旁人看不到这杯水，但是对她而言，水是确确实实存在着的，它并不是其他人随便说些"你头上才没有杯子呢""放轻松一点""你就是想得太多了"之类的话就能抹消掉的存在。所以说，无论对草莓说上多少遍"你要坚强面对世界啊"也无济于事。

我想说的是，每个人能够容纳和承受的东西天生就是不同的，虽然是同样的风和雨，但落在每个不同的个体身上，造成的伤害程度也截然不同。所以，草莓便是草莓，也只能是草莓。一切都要在接受了它不可改变的天性的前提下才能展开。

但生活之中，对于人类这种存在来说，似乎没有能够帮助我们隔绝外界的伤害的，密封罐一样的东西，哪怕只是短短的一段时间也可以。

这是我们不得不坚强生活的理由。

不过，也正在这样长久的训练当中，人类才能够比草莓更加顽强。

想象一下由草莓所统治，把人类放在密封罐子里保护起来的世界……总觉得要变成复杂的话题了。

学会告别

大学时代买过不少当时喜欢的乐队的CD。

CD分为单曲和专辑，主要是收录歌曲的数量不同。一张的价格在1800日元到3500日元之间不等，换算成人民币的话是120元到250元之间，对于大学时代的我来说，虽然算不上是买了CD便捉襟见肘，但也不算是可以不痛不痒地花掉的小钱。

话说，现在的250元算小钱吗？

我问自己。

也不算。

喜欢杰尼斯的人大概可以明白，日本的娱乐圈是个颇为残酷的环境，偶像明星们的收入直接与专辑的销量挂钩，专辑卖得好，公司赚到钱，才有机会发行下一张专辑，若卖得不好，不仅偶像明星没有钱拿不说，还会被公司的上层们认为是"没有价值的歌手"，从而失去再出专辑的机会，从而无可挽回地从娱乐圈淡出。这是世间常有的恶性循环。

这么说起来，出版业也差不多是一回事啊。

因此，出于一种同病相怜的心情，为了保证喜欢的乐队可以吃上饭，可以有条件专心致志地制作自己喜欢的音乐，我毫不犹豫地买下他们出的每张专辑。其中的歌曲有我非常喜欢的，也有不那么喜欢的，我均将其小心翼翼地导入iPod之中，在地铁上、无聊的课堂上、宿舍中一遍一遍地听。

拆开CD的塑封，把CD摆在宿舍的书架上，以不将歌词本压坏的姿势将歌词一字一句地抄在笔记本上的记忆，珍贵得恍如隔世。仿佛这张跨越一片海到达我手中的CD，可以奇迹般地将我的心情与远方的几个人联系起来。

喜欢着什么人的感觉实在玄妙，所有平淡无奇的事物，在"喜欢"的心情的驱使之下，全体可以生出和这个人有关的色彩。

我的喜欢持续了不到三年时间，然后慢慢退去。他们的新专辑我不再购买，但是，过去买的这些仍旧被我视若珍宝地摆在我的新书架上。

它们是某种时间和心情的证明。

过去曾经写过一篇小说，关于一个偶像明星特意为少女们开设的电台节目。有新的听众加入的同时，也有旧的听众在不断地离开。离开后，她们曾经喜欢过这个电台的心情遂变作枯干的死鱼、风干的树叶、无人问津的塑料瓶，被她们无情地遗弃在不断行进的时间之后，连同当时的那个自己，也被她们一同遗弃。

那是个非常孤独的故事。

然而我个人则觉得，过去的自己，过去曾经喜欢过的东西，为之疯狂过的事物，都是人之所以为人，你自己之所以为你自己的非常重要的一个环节，务必要好好地与之告别才行。

于是，为了好好地告别，我去了一次这个乐队在东京武道馆的演唱会。主唱那天所唱的歌，我百分之九十都没有听过。我努力想要投入，但又毫无意外地失败。当安可也结束后，我起身离场，站了三个小时的腿已经有点发僵，但力气还足够走到地铁站。我穿过长长的换乘站，路上逐渐不再能看到穿着应援服装的人，我在家对面的全家便利店买饭团——似乎全世界的全家都是同一种味道，关东煮味，明亮的灯光味，似乎还混着一些消毒剂味。东京的是，台湾的是，我再熟悉不过的北京的也是。在那个时候，我忽然觉得是告别的时候了。

在收拾行李准备回国的时候，我从一本打算扔掉的日语教材里发现那场演唱会的票根，我犹豫了一下，还是将它夹回了书中，然后一起丢进阳台的大型垃圾袋里。

这是我颇为后悔的一件事，如果不把票根丢掉的话就好了。

后来，这个乐队来了两次上海，一次因工作原因无法前去，另一次只是没有想要特意跑去。我的朋友中仍旧有很喜欢他们的人，看着她在微博上连发照片，我可以清晰地感到她的兴奋，因为这种兴奋也是我曾经有过的。这样的不和任何功利性相关的纯粹的幸福，是后来的很多事都难以比拟的。

也许再过一些年之后，我会从这些过去的CD之中，读到与现在又不同的感触。

面膜与时间

大家一般喜欢在什么时候敷面膜来着？

和朋友聊过这个话题，她是会在洗完澡后的睡前敷上十分钟面膜，洗掉再重新护肤。我的话，习惯的敷面膜时间是洗澡之前，先去洗手池那里洗了脸，然后敷上面膜，躺回沙发上舒舒服服地再看上十分钟的动画或者综艺节目，计时器响起来，就直接钻进浴室里去洗澡。

像我这样在洗澡的时候洗脸的话，有两个注意事项，第一是切记水温不可过高，第二是不可用淋浴头直接对着脸冲，这两件事都会直接导致皮肤变得敏感脆弱，过去在这事上吃过亏，大概足足调整了半年才有所缓解。

我一般来说很少用片状面膜，除非是当天有什么必须保持绝佳状态的大事（通常也不会有这样的事）必须要使用片状面膜来临时救急，否则，平时我不会选择它来做日常的保养。

个人最近最喜欢的两款面膜，分别是fresh的红茶面膜和玫瑰面膜，红茶面膜主打修复，玫瑰面膜主打补水，我基本上每周各用一次，周一用玫瑰面膜，周五用红茶面膜，如此循环，一不小心似乎就成了一周的开始和结束的仪式感。

fresh是个创始于美国波士顿的个人护理品牌。1999年正式推出护肤产品。相较几个主打自然无添加，但气味一塌糊涂的护肤品牌，fresh自然温和又独树一帜的香味也是品牌的特色之一。它的玫瑰面膜是透明的果冻质地，添加了真正的玫瑰花瓣，质地水润轻薄，在玫瑰花自然清甜的香味之中，整个人也跟着放松下来。

而红茶面膜，和一下子贵上去的价格（国内专柜800元/100ml）成正比的，功效性相对玫瑰面膜，也一下子显著了许多。

它的质地接近柔软的土豆泥质感，我先前用过的一款kenzoki睡莲睡眠面膜也是相似的质地，但我自己不太喜欢睡眠面膜，用空一罐后也没有再回购过。作为卖点的香味是清爽的柠檬红茶香，还有一丝荔枝的甜味（我觉得荔枝香味在使用上实在宜淡不宜浓，以深呼吸一口能够品到荔枝皮上残留的汁水清甜为佳，反面例子是Marc Jacobs的Daisy Dream香水，其中的荔枝味重得像小时候吃过的某种荔枝糖，闻起来就有种甜腻得令人不耐的感觉），把它敷上十分钟后洗掉，可以看到在电脑前受了整整一周折磨的皮肤瞬间即被提亮，是每个周五晚上的幸福时间。

既然如此，为什么不一直用红茶面膜呢？我个人的护肤经验来说，虽然是好东西，但是皮肤也没办法源源不绝地吸收，养分过度的话，就会产生各种各样的不耐受反应，这样便得不偿失了。

这大半年来，因为这两款面膜，我又多了一重衡量时间流逝的标准，一个星期的开端是玫瑰香味，结束是红茶香味……当两罐面膜都用完的时候，很多宝贵的时间就也一去再不复返。希望这些时间消失得足够有价值，如果确实没有什么价值的话，希望我过得足够愉快。要是二者都不具备，便要重新反省生活方式的正确与否了。在思考时间流逝的时候，我时不时会这么想。

20

又是一年

有段时间经常寄明信片。

我很少出门旅行，所以一旦出门，便觉得好像要留下点什么似的疯狂地给朋友寄当地的明信片。平时明明也不是每天都聊天的人，甚至和我聊天的时候我还会敷衍带过，但我一旦行走在陌生的街道上，便莫名其妙像打开了什么开关一样，兴致勃勃地在微信上问朋友：你要不要明信片！要不要明信片！要不要明信片啊！

要知道平时，我其实是个轻易不主动和人聊天，打开对话框时总会把最糟糕的情况预想一次的人，最夸张的时候，我甚至擅自想象了朋友正在葬礼现场，看到我的消息无比烦躁而愤怒地将我拖入黑名单的场景。

可怕可怕。

不过，这种情绪在外出旅行的时候就会奇迹般地完全消失，所有人都仿佛知道我要寄明信片一样，乖乖地守着手机等待为我报上地址……

开玩笑的。

寄掉了许多明信片，同时也收到了很多。

除了旅行的时候惯例性会寄的明信片之外，和一位朋友每个新年都会互相邮寄明信片，没有提前约定过，但差不多在十二月中旬的时候，就会给对方发去微信：你的地址有没有变啊？

得到了答复之后，便把这一年间里买到的，最喜欢的那张明信片寄出去。盖上当地的邮戳投入邮筒之中，等待大概一个月时间，明信片差不多就寄到了朋友手中。

这位朋友最开始是我的一位读者，她读了我所有的小说，给我写过三封长信。这些年间（2011-2018年），她试图自杀过两次，其中一次只差一点便能死掉。

我们在平时聊天的时候，虽然会就死掉的作家或者有人死掉的电影什么的说个没完，但基本上不提自己对生死的看法。我这个人的确不擅长说服别人什么，也不擅长对特定的人传达自己的想法（当然面对不特定的对象的时候，表达起来就自由了很多），有的话想对她说，但终究也没有机会和勇气说出口。

不过，我隐约觉得，寄明信片这件事，算是我们之间的一种"确认这一年的存活"的方式。

虽然很累，很辛苦，经常觉得一切都没有意义，但是，至少还是活着的。

这件事令我有些安心。

但是，如果要我真心地对她说什么的话，我想我会说，人并非非要活着不可的，世界上有轻松地活着的人，也有无论如何都觉得活不下去的人。后者没有任何的过错。如果把"死"作为一个选项生活下去会比较轻松的话，我想这也未尝不可。尽管你如果死掉的话，我会觉得很伤心。但是，如果你觉得这样更加自由的话，是你真正的愿望的话，我也没有任何理由去作为朋友来要求你活下去。

我今年去了一次英国，在伦敦的一家不知名的小店里买到了很可爱的明信片。是我很想要寄给你的一张。

21

包的优点与收获

　　自重轻的包非常美妙，一旦用过自重很轻的包，就难以下决心再将很重的包背出门了。至少我是这样的。

　　但是，又因为要放的东西很多，所以只能装下手机的小包自然是不行的，此前也为了搭配（或者为了追流行），而自己只背一个超迷你的GG Marmont出门，把剩下的东西（纸巾、唇膏、护手霜、饮料瓶等等）全都放到男友的双肩背包里，要用的时候便让他取给我。

　　这样当然不是不行，不过由于我的个人原因，总觉得自己的东西不在自己手中的感觉不那么好，也不大喜欢在公共场合站在马路边上翻他的包，此后便几乎没有再怎么用过那个GG Marmont。

　　但是，有的衣服如果搭配过分休闲中性的包的话会有些奇怪不是吗？

　　我本着这么几个"不可太重，不可太小，不可太成熟，不可太中性，不可太难保养，不可太贵"的原则，在东京银座街头寻找着内心的那个包，最终在LOUIS VUITTON选中了一款老花Noe BB。

　　Noe系列中应该是Noe Nano更受欢迎，但大概是因为太过受欢迎了，无论到哪家专柜，都没能一睹实物的风采。总之首先，这款（相对）不那么受欢迎的Noe BB的自重极轻，这和它的历史有关。设计Noe系列的是LOUIS VUITTON的第三代传人，有位香槟酿酒商来找他，要他设计一个能够装几瓶名贵香槟酒的袋子。于是这位传人就为他设计了一个在顶部系带的大手提袋，上窄下宽，袋口用一根绳子束紧，这个手袋看起来个头不大，但容量非常惊人，能够足足装下五瓶香槟酒，其中四瓶正放，一瓶倒置。我听完这个故事后，回酒店用矿泉水瓶如法炮制，的确能够了不起地顺利装下五瓶矿泉水。

　　好像是个没有什么意义的尝试，毕竟总不可能背着五瓶矿泉水出门。

　　将我中意它的，和它带给我的其他几点意外收获逐一写来好了：

（1）LOUIS VUITTON的涂层帆布材质非常耐用，这种材质原本是一百年前做大旅行箱时铺在木质表面上的面料，一路被沿用了下来。它既耐磨且防水，下雨时完全可以顶在头顶。

（2）大小适中，并不像同样非常受欢迎的Neverfull一样大得夸张。风格活泼中透着一点优雅，又不会知性得过分。我觉得，Neverfull十分适合一袭风衣加高跟鞋的打扮，但不巧我自己完全驾驭不了。坦白说，在春节时家中亲戚的聚会上，约莫一年见一次面的亲戚得知我做的是"文字工作"的时候，总会惊奇（或装作惊奇）地叫一声："那你是作家啊。"这个时候我会尴尬地说："不，算不上是作家……"，并不是谦虚，因为现在写的能为人所见到的东西，实在离一个作家的标准差得极远，当然就也不敢给自己贴上这样的标签。但是，亲戚不会理解我的内心活动，而是自顾自地说："我印象中的作家会打扮得更加……朴素来着呢。"我只好继续赔笑摇头："所以说了不是作家……"这是情景之一。情景之二是我经常会在商场被某家英语培训机构的人拦住，问我是否对英语有兴趣，我在表示了没有兴趣后，他们往往会接着问我是否是学生，在我否定之后，他们又会继续问我是否是从事美术相关的工作。这大概是我这个人给他人的外在印象。就是这样的我，至今无法和棉麻布裙和Burberry风衣和谐相处的我，不愿意花太多时间和心力养护一个包的我，Noe BB在等待着这样的我。

（3）我对着镜子搭配了几套衣服，然后背起包来查看整体感觉。虽然这是风格偏向于休闲的一个包，但如果搭配卫衣的话，无论卫衣下面是搭配裙子或是裤子，总像是没有搭配连衣裙来得好看。如果将牛皮抽绳换成丝巾的话，倒是能够和卫衣稍微合衬一些，不过，我并没有这样可以毫不心痛地系来系去的丝巾。这么一来，为了能够最大限度地使用这个方便的包，我穿连衣裙的频率明显增加，同时，也逐渐生出了"穿着连衣裙的自己也不错啊"这样的想法。我认为，服装和配饰对人格的进一步塑造，绝对是有意想不到的推动作用的。

为何我们不在地铁上看书

数年内最令我头痛的，从来未消失过的一个言论，是"公共交通上的中国人完全不看书啊"。

接着，紧随着这句话，这些人往往会举出一个例子来证明他们的正确，被举出的例子一般都是同样作为东亚国家的日本，他们纷纷称赞日本人在地铁中是何等安静与遵循秩序，无论男女老幼，坐下后都不会和同伴大声说什么话，而是纷纷安静地拿出一本书来阅读……

安静与遵循秩序诚然不错，但纷纷拿出一本书来阅读这回事，我多多少少要持保留意见。

上了年纪的人，选择读书看报的数量不少，不过年轻人却还是玩手机的更多。玩手机，看书，讲话，坐着发呆，或者捧着厚厚的漫画杂志看得聚精会神，基本来说是做什么的都有。

事实上，想一下也可以明白，地铁这种地方既不是集中营也不是图书馆，不存在那种所有人都在不约而同地做同一件事的环境。那么，何苦非要编出一个根本不存在的故事，来对身边的人这么苛刻呢？

想不明白这个问题。

不过，说到在地铁上读书，我想要称赞一下日本社会内流行的文库本。

文库本是一种书籍的出版形态，一般都是平装，A6大小，105mm×148mm的版面，而且纸张轻薄（定量区区四五十克），三百余页也不过一厘米多的厚度，非常轻便易于携带，是随手丢进包里完全不觉得碍事的一个重量。

除了Kindle之外，这样的文库本也是我会装进包中，在地铁上或者咖啡厅中用以打发时间的书籍。它的纸张虽然轻薄柔软，同时也非常紧致坚韧，不是那种轻易会被揉皱弄坏的纸张，而且自然而然，也不会轻易割伤手指。

而对比我们的图书，一本做得比一本精致，一本比一本厚重，纸张的质量非常高，有些杂志的纸张简直锋利得可以削苹果皮……我无法对其他人的想法发表什么意见，但我个人是绝对不会在地铁上端出厚厚一本大部头的精装书来看的。

当然，文库本在我们的社会无法大范围普及，一个是和中文的简体字在设计上难以做成这种如此轻便的形式有关，另一个是和出版的环境有关。这是单凭个人之力无法解决的问题。于是，此前说着"中国人不在公共交通上看书"的人们大概也会说，无法出版文库本，是文化和国情所致。

那么，在不同的国情和文化下，无法在几乎始终人满为患的地铁上端出大部头的书来读的中国人，又有什么非得被痛心疾首地指责不可的理由呢？

在我们的社会环境中，我想，和文库本的功能类似的，我们有着电子阅读与听书APP，在地铁上插着耳机听一本书，或者打开阅读网站看一篇半篇的文章，和在地铁上看报纸这回事，似乎没有什么区别。

我理解中的阅读，归根结底是一个摄取信息的过程，即将外界的东西通过文字或图片的形式吸收，然后转化成属于独一无二的个体的东西。至于形式如何，则应该是最不重要的才对。

试过在地铁上看《博多豚骨拉面》的轻小说时，被旁边带着孩子的母亲当作正面榜样来教育孩子来着。只能全程当作没有听到，这种尴尬的体验再也不想尝试第二次了。

23

饱含辛酸的《小星星》

　　电子琴是男友送我的，事实上是这么回事，但如果追根溯源，绝对不是什么柔情脉脉的爱情故事。

　　不如说是个有点挑衅性的礼物。

　　曾经，我这个人好胜心稍微有点强，身边其他人懂的东西，如果我完全不明白的话，就总会觉得会被当成傻瓜看，于是无论如何都要花时间把这件事入个门才行。于是，因为男友的工作和音乐相关，而我要是对于音乐一窍不通的话，就感觉我们在不少问题上都是无法沟通的。

　　于是，本着"我们需要更了解对方"，或者"有什么了不起，我也要学会"的想法，我向他提出了要开始学电子琴的要求。

"电子琴？"他问。

"对啊。"

"其实它应该叫合成器来着……"

"什么？"

"不，没什么。"他这么说。然后，就和他大手一挥在拉面店叫来两盘牛肉一般，我和他说完这件事的第三天，便有快递员将一架电子琴送入了我家。

这架电子琴（应该说合成器）是CASIO的，男友说附带简单的编曲功能，可以将它连接电脑，和iMac中的Audio MIDI软件一起使用，不过在此之前，我需要找到中央C的位置。

"'哆'在哪儿？"在一开始，我当然是没有"中央C"这个概念的，我自然而然地问出了这个绝大多数外行人都会问的问题。

但事实上——可能早在他的预料之中，我因对前路未知而树立起来的莫名其妙的巨大信心很快便在复杂的乐理面前被迅速击垮，我想，也许我此时是音乐专业的学生，面前具备着只要努力就能进入皇家音乐学院的可能的话，那么也许我会为了自己的明天而拼尽全力。可是，残酷的事实告诉我，我已经告别了学生时代，虽然也不能说完全失去了进一步深造的机会，但按照一般情况来说，应该是不存在什么舍弃眼下的一切一心专注于音乐之路的可能性了。

于是，一首完整的乐曲，究竟是在一种什么样的思维下诞生的产物呢？编曲这个过程，内部又是怎么样的一种逻辑呢？

这个我十分想要靠自己搞清楚的问题，至今也没能够如我所愿。

不过，可能还是愿望不够强烈的缘故。

反省一下自己，虽然我是个好胜心很强的人，但似乎却没有过什么执着的，一定要实现不可的愿望。指导我行动的，大部分都是些表层的，不大经得起深度推敲的心愿。

比如想要写一写电子琴（电子合成器）的故事，便放下其他的工作不管写了这篇文章啦……之类的心愿。

说回电子琴吧，它全黑的外表深得我心，琴键（至少对于我这种没有摸过真正好的钢琴的人来说）质感不坏，音色十分清亮，可以调音量大小这一点更是表现优秀。

我将它放在了我工作桌的旁边，伸出右手便可触碰到低音区的那几个琴键，甚至可以一边敲击电脑键盘，一边敲击琴键弹奏一首低沉的《小星星》。

降调后的《小星星》听起来，宛若一位中年男性推掉饭局走出公司，准备开车时发现车轮不见了踪影，低头找车轮时，眼看着家门钥匙又一路滚入了排水沟，他无可奈何地打电话找警察，等待警车到来的时间里，他抬起头望天，看到天空中竟然有明亮的星星。星光和月光一起落在他有些发秃的头顶，这一次，偏巧他出门没有想着要戴帽子。

Twinkle, twinkle, litter star⋯

如此这般，是饱含着无限的辛酸和无奈的音乐。

每当男友到我家中，我会习惯性地给他演奏这一首关于中年男性的辛酸的《小星星》，无知无畏与班门弄斧的感觉实在不差，这是他送给我的精神上的另一件礼物，也是他为我打开的人生的新篇章。

Twinkle, twinkle, litter star，仿佛满天的星辰都在为他痛苦地叹息。

话说回来，如果各位家中有这样的电子琴（或者钢琴）的话，请务必试着演奏一下降调后的《小星星》。

24

香味和记忆相关

曾在图书馆旁边租过一个夏天的房子。

因为图书馆离家车程约要一小时，不通地铁，公交车总是人满为患，于是男友提议不如在那附近租房，他也可以搬来和我一起住。

我们租的是一套四十平米的两居室，空调运转正常，楼下就有超市和菜市场，走上十分钟，就是一个装满了各类餐厅的大型商场。周边环境可以说是优越无比，不过，房子本身就没有那么理想了。

卧室的墙根处有一个漏洞，就是字面意义上的漏洞。时间进入七月这个暴雨连篇的季节后，在时不时造访的暴雨天，我们必须守在墙壁的漏洞旁边，像按压着伤者源源不绝流血的伤口一般，用抹布按压吸收着从洞口流进室内的雨水。所以，那个夏天，我们至少如此度过了五个充斥着树叶味、灰尘味和雨水味的不眠之夜。

这是麻烦之一。

麻烦之二，是房屋似乎没有隔味隔音的功能，邻居家吵架的声音听得一清二楚不说，连他家每晚做了什么晚餐，我们都能通过气味掌握个完完全全。

我家的过道位置大概是和邻居家的厨房同享着一面墙，而过道的对面便是卧室，也就是说，当他家做饭的时候，我们的卧室便会被炒菜的油烟味所充满，且久久不散。

昨天的中午做了葱爆肉，晚上做了鱼香肉丝，今天做了炸酱面和羊肉煎饺……食物的香味诚然美好，但是我们都不想在卧室里闻到它。

"你的香水呢？"他问我。

"香水又不是做这个用的。"我说，"太浪费了吧。"

"不，那个大瓶的，细高细高的，你嫌弃它味道不好留香又短的……"

我听着他的形容，想起来似乎是有这么一样东西。我在化妆台上好一通翻找，终于把那款香水找了出来，并试着在空气中喷了几下。

"怎么样？"我问。

"还可以吧？"他说。

"我也觉得……意外的。"

我这么说着，开始翻看香水的标签。结果，我发现它根本就不是香水，而是一款去味香氛喷雾。香氛的主要原理即是吸附分解异味分子，以达到带走异味的目的。事实也正同描述一致，让我们烦躁不已的油烟味，就在香氛分子铺满房间的过程之中慢慢消失了。

这么的，这瓶香氛喷雾便成了居住在那个房子的夏天的珍宝，我们不仅将它用在卧室，还用在刚刚吃过烤肉和火锅的衣服上。整个夏天，这作为香水或者有些中庸，但作为房间香氛则非常合衬的清爽香气始终包裹着我们。我从外面回到家中，闻到它的香气时，有一种"回到了属于自己的地方"的切实之感。

现在，我们已经从那间房子中搬出，也结束了为期短暂的同居生涯（和他住在一起非常影响工作），这个品牌的香氛喷雾，则成为了我家中的常备之物。每每将它喷洒在空气之中的时候，便会自然而然地想起那个可能颇为兵荒马乱的夏天，漏雨的卧室、楼下的烧烤摊、从窗口看到的长椅都清晰异常。仿佛走出门去，便可看到住在楼下的阿姨正在打扫着楼道。

气味就等同于记忆。

那是个非常幸福的夏天，我这么觉得。

25

有逃路的人生就是好人生

冬天的什么最让人幸福？

我觉得是热巧克力。

从寒冷的室外回到家中，给自己冲上满满一杯热巧克力。端着它坐到沙发上，一边小心翼翼地吹着气，一边将浓醇的巧克力液体送入口中，在胃中暖起来的同时，整个人也被香甜的暖意所包裹。

我不喝咖啡，所以冬天去星巴克的话，基本上会毫不犹豫地点上一杯热巧克力（夏天则点冰摇柠檬茶）。在我心中，热巧克力可以称作是冬天的代名词。

五年前曾经写过一本小说，故事内的时间从冬天开始，至春天结束，也就是说，整个故事从头到尾都笼罩在冬天冰凉萧瑟的寒意之中。大部分情节都发生在一间也提供酒水的咖啡馆中，男主角在其中工作，他最擅长的饮料就是热巧克力。

取可可粉、牛奶、糖和肉桂粉，先将牛奶小火加热，加温到50摄氏度左右时即加入巧克力粉，缓慢搅拌加热，让可可粉均匀地融化在牛奶中。加热到差不多90摄氏度的时候便可以装杯，然后在巧克力表面撒上少许肉桂粉，这是标准的热巧克力的做法。

不过，这位男主角最擅长的是在巧克力中加入朗姆酒。他用块状黑巧克力取代巧克力粉，加入牛奶、糖、一点点盐、香草籽，用小火慢熬，在确认食材已经完全混合后加入一大勺朗姆酒，温暖的巧克力加上温暖的酒，窗外无论如何寒风凛冽，都已经和咖啡馆内的心情无关。

热巧克力能够隔绝痛苦，有热巧克力的咖啡馆，即是所有疲惫的人的逃路。

有逃路的人生就是好人生——这是小说的主题。

不清楚是因为我先有了这个想法，之后才诞生了那个小说，还是写完了小说，心中才产生了这样的认知。

稍微再谈一点写作的事吧。

我觉得，小说写作的有趣之处在于它的"未知"。我心中理想的写作，是为自己设定一个问题，然后通过故事去探索这个问题的答案。然后，在探索答案的道路上，又会遭遇许许多多的、无从预知的新问题，这些问题会成为作者写作之路上的线索和宝藏，可以将他们带去从未意识到会有的某个未知之地。

我因迷恋这个过程而喜欢写小说。

比如说，在写那个故事之前，我是完全不知道热巧克力中还可以加朗姆酒的来着。对此，他的解释是这样的：热巧克力令人幸福，而酒通常出现在不那么愉快的时候。我把二者结合在一起，看谁能够战胜谁。当然，答案因人而异。

当然，在家中做热巧克力的话，如果每次都要入锅慢熬也稍微麻烦了些。在想要偷懒的时候，我会直接用热水冲泡SWISS MISS的牛奶可可粉，四小勺的可可粉，可以冲大约180ml的热巧克力，刚好满足一次对温暖的需求。因为它已经加入了牛奶的缘故，即使只是用热水而不用牛奶冲泡，香醇度也已经足够。而且，对于这种冲泡型的可可粉来说，它还有个最大的优点是几乎不会在杯底留下令人讨厌的沉渣，这是令我颇为惊喜的。

要是想要喝得更加奢侈一些的话，我还有另外一种做法：用牛奶冲泡可可粉的同时将块状黑巧克力隔水融化，把融化后的巧克力液倒入杯中增加浓厚的口感。然后，将喷射奶油喷在热巧克力表面，再在奶油上面撒上切碎的巧克力和少许的肉桂粉，十分精致而且罪恶的一杯热巧克力便完成了。

另外，关于冬天的愿望。如果可以的话，我想要像冬眠的棕熊一样躲在树洞里整天喝热巧克力，等到春天到来，再从洞里走出来——然而事实上，是一边喝着热巧克力，一边在写第二天马上就要交的稿子。

成为棕熊的梦想还非常遥远。

estic fowl
bird of
son (is no
ardly. —v.
w through

poultry. 2
money.
sease, esp.
ll blisters
netting

seed used

with tiny

of a trop
m. [Gk

1 plant
to rot,
with of
evens

child abuse
child benefit
the state to the parents of a
certain age
childbirth n. giving birth
child care n. the care of
by a local authority
childhood n. state or be
child.
childish adj. 1 of, like
child. 2 immature, si
adv. **childishness** n
childlike adj. havir
of a child, such as in
etc.
child-minder n
children for pay n
child's play n
chill var. of c
chill —n. 1 a
lowered bod
cold. 2 ur
water, etc
coldness
become
serve (
literar
chilli
'ast
ak

辞典和小说的写法

不瞒各位，我很喜欢辞典。

摆在书架明显位置的一本英语辞典是大学的时候买的，但真正开始看则是毕业之后的事了。不过，我不是用它来查单词（查单词的时候基本都用电脑自带的辞典），而是用来做闲来无事的读物的。

我不太受得了太长的书，保罗·奥斯特是我喜欢的作家，但他的新书《4321》也因为实在太长而让我望而却步。所以，作为闲来无事的读物，自然是越短而且越无意义越好。

众所周知，辞典是带有释义的。我的这本辞典是外研社和牛津大学出版社联合出版的牛津袖珍英语词典，每个词的解释在两行左右，简明易懂。非常适合在等待手机对面的人回复消息，视频网站播放广告的这种时候拿来翻看。

除此之外，我还将它当作小说写作练习的关键词工具书来使用。

像我这种以写小说作为生计的人，是没办法做到像一些兼职作者那样，以"心中没有想要讲的故事"为由，理所应当地不写小说的。心中没有想讲的故事的时候，便自行制造出觉得"可以讲一讲"的故事。

读书、看电影、走出门去在生活中寻觅素材，都是制造故事的方法，不过我自己最喜欢的，还是以随机的关键词来作为故事的基础。而辞典就是随机关键词的最佳出处。

比如，我在这里做一个写作练习。

我将辞典先翻到355页，选择furbelow一词，辞典上的释义是archaic gathered strip or border of a skirt or petticoat，意为衣裙边缘的过时装饰；然后，再翻到441页，选择第一眼看到的impinge一词，意为撞击和侵犯，最后，将辞典翻至843页，选择short-change，意思是指收银员少给顾客找钱这一行为。

现在，我们将这三个词作为故事的关键词：furbelow、

impinge、short-change。

　　故事片段可以是这样的：乃莉塔夫人穿着她那件镶嵌着早就过时了的装饰花边的连衣裙，七扭八拐地进入了十七大道街角的那家面包店。面包的味道非常诱人，你站在店外，就能闻到会让离家已经十五年的小偷想要回到有他祖母在的那个家的气味。不过，她今天没有这样的孙儿需要招待，她买面包是为了她自己。但她不知道的是，她在这个时候已经成为了他人的目标。在她走进面包店后，有个人撞了她一下，但她的裙子太复杂了，盖住了她的包的开口。她对此浑然不觉，只一心选购她心爱的玛格丽特面包，她拿着面包兴高采烈地准备结账，看起来心不在焉的店员少找了她两枚硬币，在她气愤地提出抗议的时候，店员懒散地摇了摇头。"不会的，夫人。"他说，"您检查一下您的钱包，您已经把它装进包里了。"

　　这种练习可以帮助人保持对文字的敏感性，同时也能够锻炼人的思维能力。如果各位中有人志在写作的话，不妨试试这种练习。不过，因为这些都是利用零散时间做的游戏性写作，我个人的建议是，写作每一篇小故事片段的时间不要太久，最好也不要有"要写出一个伟大的故事"的压力，只需当作一个游戏便好了。

　　这些年来，我积攒的这种关键词小故事的数量也有了不少，有的在电脑里，有的在手机的备忘录中，有的在纸质的笔记本上。其中有些进一步变成了小说中的片段，有的大概随着收拾书架的过程而不见了踪影，但无论结局如何，对我来说都是极其有趣的过程。这些都是托这本辞典的福。

童话中的浆果碗

我喜欢沙拉，为了好好地吃沙拉，而特意买了一个专门用以拌沙拉的大碗。

我理想中的沙拉碗，要足够大足够深，能够容许大力翻拌蔬菜而不至于乱七八糟地洒得满桌都是，同时材质是陶瓷为好，不要非常精细难以养护，最好有一些色彩，但不可过于鲜艳。

是诸如此类的想象和期待。

我最终选中的沙拉碗是STAUB的一款。这个品牌以珐琅铸铁锅知名，发源于法国阿尔萨斯洛林，据说法国所有的三星米其林厨师都在使用STAUB的锅具。

但是我没有锅具，有的只是餐具，便只能谈谈餐具。

我对这个品牌中意，主要是觉得它的色彩实在非常漂亮，颜色特别而不浮夸，不艳丽也不能被称之为清新（我个人不大喜欢以"清新"为卖点的商品风格），我在石墨灰与胭脂红这两个颜色之间犹豫了颇长的时间，后因还是喜欢鲜艳的颜色而选择了现在的胭脂红色。

碗的分量不轻，陶瓷的质感不知为何让人想起童话中的森林小屋——戴着头巾的奶奶笑眯眯地端来一碗浆果，用的应该就是STAUB这样的陶瓷碗。

当然，我没有森林中的浆果，有的是混合蔬菜与沙拉汁。

拿到这个沙拉碗之后，我迫不及待做的第一份沙拉是考伯沙拉。

这款沙拉原名Cobb Salad，也有人称它为"海鸥沙拉"。它的最大特点是可以当作主食来吃，而非像是其他沙拉只能摆在牛排的旁边当作配菜，这是因为考伯沙拉本身便要放入足量的肉类的缘故。

按理来说，考伯沙拉没有特别严格的食材规定，尤其是自己给自己做来吃的时候，遵循食谱将不喜欢的食材放进去，不是纯粹给自己找罪受吗？在餐厅吃到的考伯沙拉里是有紫皮生洋葱的，但我不吃生的洋葱（熟的也不太喜欢），所以，在自己做的时候，是首先要把洋葱排除在外的。

我习惯于在考伯沙拉上铺的食材是牛油果、煎脆的培根、煮熟切块的鸡蛋、芝士、烤鸡胸肉和小番茄。与把整个生的番茄切块放进去不同，我比较喜欢先用橄榄油将小番茄煎一下，煎过的小番茄的汁水会更甜，香味也更浓郁。

在开始处理这些食材之前，我会提前把混合生菜沥干水分放入碗中备好，再将其他食材一条一条地排列上去，最后淋上做了另外调味的千岛酱。

装满了沙拉的沙拉碗沉甸甸的，仿佛装入了整个森林的宝藏。

如果是核桃菠菜烤鸡肉沙拉这样的佐餐沙拉的话倒是另当别论，使用普通的平盘即可，不过，考伯沙拉的话，我是觉得一定要用厚实且沉重的大碗来装。一个人抱着整碗沙拉，一边看着喜欢的综艺节目一边吃，是人生中的享受之一。

一个人吃饭的时候太多，就逐渐地习惯起一人吃饭的食谱和节奏了。意大利面和沙拉都是一个人的幸福，咖喱饭则是很多人在一起吃才好吃。所以，学校合宿的时候如果做饭的话，往往才都是做咖喱。

想象一下某个学校合宿，班长一声令下："好了，大家做自己喜欢吃的沙拉吧。"于是所有人就也不和其他人交谈，只顾低头做着自己想吃的沙拉……似乎是个非常可怕的场景。

用LA MER的年龄

进入可以用LA MER的年龄会是怎样一番景象呢——这是我在十几岁的时候经常进行的想象。

那个时候，大学毕业已经几年，大概也已经积累起了不少的工作经验和存款，说不定已经和什么人结了婚，总不至于再玩什么游戏看什么动画片，真正是个无懈可击的大人。

但是，当真的进入到这个人生阶段之后，我不幸地发觉，之前所有对大人的想象都不过只是想象而已。我没有很多的工作经验（不如说基本没怎么上过班），存款也没多少，更没有结婚，玩过的游戏倒是越来越多——这么形容起来，总觉得是个令人痛心疾首的大人。

不过，人生虽然没有什么像样的进展，护肤品却还是要在适当的时间更换。

我这里说的"适当的时间"，并不是指到了某个年纪便一定要用上某种功能的护肤品，而是要根据个人的肌肤需求，选择适合自己的产品。

我是偏干性的敏感薄皮，肌肤没有去角质和去油的需求，主要诉求是保湿和修复。截至目前为止，我用过LA MER的三款产品：修护精粹液、赋活保湿精华露、精华面霜。如果算上试用装的精华乳霜和洁面的话就是五款。其中，修护精粹液已经用空了三瓶，正在用第四瓶，并准备回购第五瓶。

它是介于水和精华之间的质地，比精华略稀，比水又浓稠很多，只需两滴就可以涂满全脸，吸收的速度非常快，而且香味是我喜欢的淡淡的植物气味。用光一瓶之后，觉得皮肤整体确实柔软了不少。我个人觉得，无论是爽肤水还是精华水，用手涂就已经足够，没有必要倒在化妆棉上，再用化妆棉擦脸做什么所谓的二次清洁，人的脸——尤其是刚刚已经洗过一次的脸，并没有那么脏来着。

夏天的时候，我会偷懒只用一层这个精粹液，再上一层眼霜便结束了护肤流程。冬天的话，就再叠加一层Kiehl's的高保湿面霜，可以把皮肤维持在一个很稳定的状态。

再说回LA MER自家的精华面霜，因为我并不是那种干得不得了的皮肤，所以这款面霜对我来说有点过于厚重，相比之下同系列的精华乳霜要好用得多，但相较Helena Rubinstein的黑绷带面霜，这二者就又都稍嫌中庸了。从整体功效到性价比来说，我觉得最适合我的冬季护肤套餐是这个组合：日间以LA MER精粹液搭配高保湿面霜，夜间单涂黑绷带面霜。别忘了眼霜必不可少。

当然，以上所有的话都代表我自己，是我自己以个人经验为基础，觉得适合我自己的护肤方法。十分欢迎肤质相同的人参考，肤质和我相反的人，我想也可以毫不犹豫地将这篇文章中提到的护肤品从购物车中删除。

话说回来，人长到这个年纪之后，除了能够代表自己写一写护肤心得之外，到底能在什么地方找到自己的存在价值呢？换句话说，到底有什么事，是只能由我来做，只有我能做到的呢？

每每想到这回事，便不由自主地落入一种很消极的心境之中。因为似乎并不存在这样的场所，没有非我不能做到的事，LA MER的精粹液也用不着我来特意推荐（LA MER公司也不会因为这篇文章给我广告费）。对此，我的一位朋友更加消极地说：大人和孩子根本没有什么不一样啊，只不过大人都在强撑着而已。

可能是我天生逆反心理比较强的缘故，听朋友这么说完后，我倒是突然有了些不那么一样的想法，大人作为大人，在力所能及的范围之内，还是应该引导和保护孩子才对。千万不可将自己的绝望和孤独感传达给尚不知这些是什么意思的孩子，因为绝望和孤独，到底是一种负面的产物，是因为我们的生活不足够可信，才诞生出来的用以填补那些无可救药的空缺而产生的文化。它不是成人社会中必然存在的一部分，只是不得不面对的一种存在。

我个人因为不喜欢学校的缘故，在中学时代和老师的关系不大好，虽然不是在课堂上和老师大吵大闹的那一种，也是让老师在提到我的名字时会摇着头说出"她啊……"之类的话的那种学生。这件事是高中的班主任在找我谈话的时候告诉我的。这种经历带来的性格导致我在大学的时候也未和任何一个老师搞好关系，我想这是一个遗憾。如果成长的道路上有一位能够信任的前辈给予指引的话，也许人生之路可以走得更加顺遂和快乐一些。

我诚心地希望现在还在学校的人不要被自己一时的叛逆心理所限制，而是最大限度地利用学校中可以利用的一切去提升自我。

下午四点的地毯

搬入东京的公寓的时候，公寓里是完全没有家具的。在日本租过房子的人都知道这套烦琐的租房手续：看房子、邮件联系中介、中介回复、确定房子、现场看房子、联系担保人、签合同、付款、等待审核、拿钥匙、入住、买家具、办理网络……其中顺序可能有误，但大体是要经过这么多的流程的。

所以，当终于拿到家里的钥匙，可以将自己喜欢的家具搬进房间里的时候，我久违地感到了一种发自内心深处的幸福感。

运动后的可乐最好喝……有点接近这种心情吧。

但是，毕竟人在外留学，手中的预算有限，所以基本上不可能买什么太满意的家具。于是，便只能在小细节上花心思。并且，我预订的床需要三天才能送到，也就是说我需要打上三天的地铺。而我的房间的地板是木板地并非柔软的榻榻米，我要么买一床超厚的被子，要么买一块地毯。我对着地板稍微犹豫了那么十几分钟，决定这就去购物中心搬回一块厚地毯。

因为日本的商场闭店太早，我没有多少时间逛街，便直接进了无印良品（坦白说，我现在家中的床、书桌、床头柜、沙发全是无印良品，如果再打开香薰机的话，走入自己的房间简直像是走入了无印良品的店内一样），走来招待我的店员（后来觉得是店长）长得和阿部宽简直一模一样，从身高到眉眼的轮廓都和阿部宽本人别无二致，简直令我怀疑是什么隐秘拍摄的综艺节目。

这位阿部宽询问我需要什么，我说需要厚一些的地毯，他点头表示理解，将我带到地毯区，无比细致地向我说明每款地毯的尺寸和材质，但我的日语水平也只算得上可以勉强对话，对材质那些单词可以说是一窍不通。所以，我一边假装听懂地点着头，一边让他帮我拿了一款橄榄绿色的短绒地毯。

地毯是可以送货的，但我因为急用，便提出自己拿着回家。阿部宽反复对我确认："不要紧吗？很重的喔。"我也只好说："不要紧不要紧，我能拿的。"

我这么说着，但心中想的是我不能拿又怎么样，难道你会帮我拿吗……

我付了款，从说着"要小心啊"的阿部宽手中接过地毯，下电梯走出购物中心大门，外面不巧又下起了雨——东京的九月总有这样突如其来的雨，我站在玻璃门前，把地毯放在地上拿雨伞的时候，站在门外的一位二十岁上下的年轻男生帮我开了门，这大概是个开始。

接着，我走向地铁站，其实地毯重倒是没有很重，只不过因为体积太大，拿起来稍微有点吃力，或者说看上去相当吃力。于是，在下楼梯的时候，有位身穿全套西装的上班族男士帮忙拿了地毯，出站上楼梯的时候，地毯又被一位身穿制服的高中生接了过来。最后，在公寓门口等电梯的时候，又被送披萨外卖的小哥相当温柔地询问了是否需要帮忙。

这真是一块凝聚了许多人的爱的地毯啊。

我这么想着。

我将这块地毯铺在了窗边，地毯质感厚实柔软，踩在上面有种温暖的安心感（不喜欢冰凉的木地板），不愿意坐在书桌前的时候，便就可以坐在地毯上翻一本书。下午过了四点，太阳开始落下去，夕阳一股脑儿地灌进房间里，像是天上倒下来了一杯果汁饮料。于是，下午四点的地毯，成为了我小小的享受。人在不得已的时候，在一些地方吃点苦没有关系，但是身边的细节要尽力让自己满意，它们是带来幸福的关键。

不过可惜的是，因为种种原因，我没能在这间公寓里住上太久。回国的时候，家具都送给了学妹，唯独这块地毯，是拜托一位和我一起回国放假的朋友帮我带了回来。现在就铺在我的书桌旁。虽然已经没有了像果汁一样的落日，但每天早上都有非常好的阳光。

必先利其器之墨水

　　有段时间，我因为突发奇想打算开始练字计划，于是本着"工欲善其事，必先利其器"的原则，一不做二不休地买了很多瓶墨水。

　　这些墨水中有九瓶都是同一个品牌的，是来自日本PILOT的"iroshizuku"，也就是"色彩 "系列。

　　"雫"一字为日本的和制汉字，在日语里读作"shizuku"，是下雨、水滴的意思。和前面的"色彩"一词接续起来，便成了"化成水滴的色彩"的意象，用来形容墨水非常贴切不过。

　　这套墨水全套共有二十四个颜色，每一种颜色都以日本的知名意象来命名，如夕烧、雾雨、土笔、山葡萄、紫阳花等，读起来诗意十足。

我手中的九瓶墨水集中在三个色调：蓝色、灰色和橙色。

其中最常用的两瓶是蓝紫色的紫阳花，以及灰色的雾雨。这两瓶墨水的共同点之一便是对钢笔非常挑剔，笔尖不可太细，出水不可太拘谨，如若这两个条件无法满足，那么用了这两瓶墨水写下的字迹，前者会变成圆珠笔字，后者则会变成铅笔字。

我起初用的是PILOT的EF尖透明钢笔，因写出来是极似圆珠笔的颜色，还一度生气地将紫阳花束之高阁——传说中的雨后的紫阳花色彩在哪儿呢？

后来，我在清洗那支钢笔中的吸墨器里残余的紫阳花墨水，准备换另外一种颜色时，因里面残留了一些混入了清水的颜色没有擦干，我随意地在手边的纸上划了几道，被大量的水晕开的颜色竟然异常清新好看，当真宛若被雨打湿的紫阳花花瓣一般。

刚巧，手中恰好有另外一支新买的钢笔，笔尖要较EF尖粗上一些，于是我将紫阳花墨水灌入那支钢笔中，试着在纸上写下一行字。笔尖流泻出的色彩全然已经和我记忆中的圆珠笔色不是一回事，墨水落在纸上有非常清晰的色彩的浓淡对比，恰是在阳光下呈现出不同色彩浓度的紫阳花。

我深深地为这个色彩所折服，一度将其他的墨水都推进了抽屉深处。

不知是否只有我自己有这样的心情，就和看书的时候对字体、行距、字号颇为挑剔一样，在纸上写东西的时候，也对纸张的质感、墨水的颜色格外挑剔。仿佛视觉观感一旦不佳，便就失去了想要进一步窥探其本质的想法。

写小说的时候，我习惯用纸笔做一下大纲设定。

以我喜欢的墨水，喜欢的字体写在纸上的角色的名字，就像是被不同的色彩的笔触赋予了真实的生命一样，令人在心头生出一种难以言喻的兴奋感。在此兴奋感的驱使之下，大纲便可大体顺利完成。

色彩约等于人物的初印象，如果对人物没有这样的预设概念的话，小说往往很难进行下去。即使勉强进行下去了，成果也不能让自己满意。

同样，学语言做笔记的时候也一样，用灰色的墨水写下例句，然后用橙色的墨水来写需要留意的重点。通过不断切换色彩的过程，来给枯燥无味的学习增添新鲜感和刺激。

据说有人拥有"图像记忆法"，只要扫一眼书页，就能通过文字的位置和色彩记住内容，但是，我就算拥有了全部二十四色的色彩　墨水，也不会得到这样特殊的天赋……便是如此不公平的世界啊。

必先利其器之钢笔

继续练字的话题。

已经买了那么多瓶彩墨，当然同时也要买上几支钢笔才肯罢休。

虽说是要利其器，但一下子招呼上万宝龙这种程度的钢笔也稍微有些太过分了，这种程度的分寸我还是有的。

这些钢笔当中，我用起来最顺手的是PILOT的Cavalier。它的笔杆是金属材质的，较之塑料笔杆质感要好上很多。笔尖在用力时可以感受到弹性，能够较容易地写出笔锋。个人觉得，最易写出笔锋的笔自然钢笔是第一名，其次是铅笔，至于中性笔和圆珠笔，无疑是最难以写出文字美感的笔了。

不过，我的文字本身也没有什么美感就是……

产生练字这个想法，还是要归结到寄明信片这回事上。明信片要寄出，同时也会收回一批。不知为何，我的朋友们的字都非常漂亮，收到她们的明信片后，我顿时觉得自己的字简直是刚刚开始学习写连笔字的中学生写出来的，为此愤慨不已地想要练字。

不过说到底，为了明信片而练字的动力只能持续一时，就和新年愿望这种东西差不多，最多持续一个新年假期，甚至连一个新年假期都持续不了。但是，一支好看的钢笔所带来的写字的动力，倒似乎是可以来得更加持久一些。

也许是因为手握钢笔本身就是一种享受。我觉得，从一件事中感到快乐，是让这件事顺利进行的前提。如果说快乐的获取方式不那么困难的话——只是添加一支钢笔，添加一瓶墨水的程度，那么，有什么道理不满足自己呢？即使添了一支钢笔之后，想做的事最终还是没有达成，但是，将钢笔握在手中的时候的快乐与胸中的希望，都是再真实不过的。

工欲善其事，必先利其器——请允许我再引用一次这句话。它的意思是说，工匠要使他的工作做好，一定先要让工具锋利。是比喻要做好一件事，准备工作非常重要。

不过，我自然也知道，名言警句这类东西，到底只是为了支撑自己想要传达的，想要信任的观点而存在的。和这句话相对的，也当然是有"断舍离才是人生本质""摒弃物欲才能面对自己""谨慎消费主义的陷阱"这样的说法，我对持这种想法的人表示尊重，也明白的确有很多了不起的人，只靠一支笔和一个本子就能写出旷世的文章来。但是我这种人，是一定要坐在让我觉得舒服的地方，用着让我觉得顺手的电脑（或者钢笔和纸），才能开始工作的。

此时拿着这本书的各位，说不定在哪天也会遇到拿着书名为《重新审视欲望》的书走在路上的朋友或者亲戚……两个人如果交流起书的问题的话，希望到时不要为此吵架才好，就算吵架，也不要祸及写书的作者啊。

说到这个，想起来已经过去很久的一件事，当时我在写某本杂志，写了一篇文章，其中有句话大概是"爱不能解决问题"。不巧的是，与我同期的另一位作者写了"爱能够安抚一切"，结果一个读者洋洋洒洒地写了一篇书评指责杂志编辑，不满地称：某某某作者在文章A中写"爱不能解决问题"，而紧接着某某作者又在文章B中写"爱可以安抚一切"，一本杂志连自己的观点都没有吗？爱到底能不能解决问题？

我看了这篇书评之后简直一头雾水，而且有些哭笑不得。

这种问题应该问你自己才对吧？

并且，杂志当然是不应该有倾向性的，如果一本杂志的编辑纯粹把自己的喜好和观点当作杂志的方向，那么，这本杂志基本也就步上了末路。其实事实上，我的职业生涯中真的遇到过这样的编辑……这就是不适合在此聊的话题了。

杂志没有倾向性，也不能代替读者下什么判断，这点我觉得就和书店（或者图书馆）的存在性质是有些接近的。不过，如果可能的话，我还是请求书店老板尽可能不要把这本书和《重新审视欲望》放在一起。

社会派小说的开篇

"此人被锋利的三文鱼刀刺中……"

写过这么一个小说开头，是在我拿到这把三文鱼刀之后写的。

我会自己做饭，很喜欢准备食材这个过程。把小番茄清洗干净、秋葵打横切成小星星一样的薄片，三文鱼切成厚块之后涂上黑胡椒和橄榄油，这些事我都很喜欢做。

男友不怎么懂做饭，不如说，他是个连青菜种类都分不清的人。我们交往之初，他觉得不能放我一个人在厨房干活，自己舒舒服服地在外面打游戏，而积极地跑来厨房说要帮我的忙。

我其实并没有什么要让他帮忙的，但当然了，他在厨房的话，我当然很高兴，于是便差了几样我认为没有难度的工作给他。

然而，这位兄弟不仅用切水果的菜板切了香肠，还把已经洗干净的菜放到脏的洗菜篓中。我差使他剥栗子，他却把栗子统统先从热水里捞出来才开始剥，没有了软化栗子壳的热水，自然是会变成剥不了几个就把指甲都剥破的程度。

我在煮好鸡肉，回来准备切三文鱼时，看到他把栗子和自己的手都剥得一塌糊涂的惨状，顿时深觉这个人还是从此远离厨房吧。

不过，在我的印象中，我是温柔而无奈地将他请出了厨房来着。但在他无限委屈的控诉中，则变成了："你当时手里拿着一把刀，气势汹汹地让我滚出去……"

我当时的确拿着刀来着，我承认。

许多平时不怎么做饭的人，可能对锋利的刀具有种误解，觉得这么锋利的刀会很容易切到手，不过我觉得，越是锋利的刀具，在切割一些不那么容易切开的肉类的时候，反而越安全。

滑腻的肉类，如果遇到没有那么锋利的刀的话，就会在手中摇摆个不停也没办法切开，倒是更加容易发生危险。

这把刀是一位伯父送我的礼物，刀身轻薄，握柄处做得也十分舒适，是一把拿在手中就可知是好东西的刀具。

我之前做红酒炖牛肉，用它将大块的牛腩切开，然后顺畅无比地切成小块的过程相当愉悦，令人想起在被风浪席卷的船上将巨大的三文鱼剔骨分切的心情——虽然没做过这样的事。

制作红酒炖牛肉时，要加入一些边缘煎得焦脆的培根一起炖煮。培根也是用这把三文鱼刀切的，手起刀落，培根变成约莫两厘米长一厘米宽的长方形小块，整齐的边缘看起来非常令人心情愉悦。

送我这把三文鱼刀的伯父，是位面貌可怕的中年男人。不过，在我的印象当中，在他还是个年轻人的时候，也是一个面貌可怕的年轻人。他身高一米八五，留着光头，喜欢穿深色带花纹的POLO衫和拖鞋，讲起话来嗓门极大。

大学的时候，他曾经带着医院的诊断书去学校帮我请假，因为我对紫外线过敏，所以没办法参加军训。在这之前，我已经自己向班主任说明过一次情况，但班主任以一脸"你这样想偷懒的学生我见多了"的神情，语气硬邦邦地要求我去医院开证明。

"把你的家长也叫来。"她这么说。

大学刚刚入学便被叫家长有点奇怪，但是既然有这样的要求，也没有什么容我争辩的余地（天生不擅长和人争辩），总而言之，这位伯父就到了现场。

班主任老师见到伯父后，态度立马三百六十度大转弯，用上了最善解人意的交际言辞不说，还甚至拍了拍我的肩膀要我保重身体，虽然这不是什么保重身体就能解决的问题……但在这样的伯父的这样的目光的注视下，一时语言系统混乱了也是可以想象的。

不过，长着这样的一张脸的伯父却做得一手好菜，可以一人料理好一大桌丰盛的年夜饭。

小时候对过年的期盼，除了期盼寒假和新衣服之外，还期盼着吃到伯父做的饭。他顶着一颗光头切着酱牛肉的场景，是我关于过年温暖的回忆之一。

因为有这么一个丈夫，我的伯母便理所应当地不会做饭，不过，她做得一手好家务，把房间收拾得井井有条，无论我何时前往，家中的地板都一尘不染。

这有些接近我心中理想的家庭关系，每个人都只做自己擅长的事，不勉强他人做不喜欢的事。

所以，可以的话，我在此祈愿，希望我的男友从此不要再踏入厨房。

三文鱼刀非常锋利，若不小心刺中的话，便就真的变成了某篇社会小说的开篇事件吧……开玩笑而已。

33

罗伯-格里耶作品选集 14 科兰特的最后日子

罗伯-格里耶作品选集 8 欲念浮动

罗伯-格里耶作品选集 3 快照集

罗伯-格里耶作品选集 16 格拉迪瓦在叫您

罗伯-格里耶作品选集 7 纽约革命计划

罗伯-格里耶作品选集 1 弑君者

罗伯-格里耶作品选集 17 情感小说

小说可能的形式

　　我第一次听到罗伯·格里耶这个名字，是在学校的集体讨论课上。

　　当时做课堂发表的前辈也只是将此人的名字和菲利普·罗斯、乔治·佩雷克等人划入同一个被命名为"新小说派"的格子里。而我对文学流派向来没有太大的兴趣，觉得这玩意儿只不过是课堂上整理文学史的一个参照。我好歹在大学的现代文艺研究室中待了半年，非但没有对文学理论生出好感，反而是愈加排斥起来——大概是因为对那个研究室没有留下什么太好的印象。

　　这么一来，我不仅是针对文学理论，连同对做课堂发表的前辈，乃至于他提到的作家都一并生出了偏见。这个偏见持续了约莫一年多时间，直到偶然读到纳博科夫的《独抒己见》。

　　纳博科夫是个十分刻薄的老头儿，他在书中毫不掩饰地表达对其他作家的嘲笑和轻蔑，他看不上陀思妥耶夫斯基，说毛姆不过是个二流作家，谈到弗洛伊德，更是称他是个狗屎一样的家伙。但是就是这么一个人，对罗伯·格里耶却是赞赏有加。

　　因此——除了我着实喜欢纳博科夫的书之外，被他无情地嘲讽的作家恰好也都不在我的审美范围之内，这么一来，我便毫无原则地对罗伯·格里耶生出了好感。

　　我买的罗伯·格里耶的第一套书，是湖南文艺出版社在2011年出版的一套合集。书的开本很小，只比一本日汉词典大出一圈（但仍旧无法放进大衣口袋里）。我读的第一本格里耶作品是《柯兰特的最后日子》，并无意外地，我迅速被他扑朔迷离的造句方式所吸引。

　　格里耶的作品，怎么都不能称是能够供人传阅讨论的流行读物。在看过他的小说之后，大致也明白其中缘由，阅读他的书是需要一些心理准备的，因为他的小说基本难以说存在什么情节，甚至被认为是不可或缺的主人公也是消失的，取而代之的是对景色、幻觉、色彩等事物的孜孜不倦的描写。

他自己在评论集《未来小说的道路中》的开头就说：小说被贬为次要的艺术只是因为它固守过时的技巧。

于是，这句话让巴尔扎克和他的信众们感到了冒犯。

这种小说自然是有喜欢的人和不喜欢的人，我遇到过对实验小说极其痛恨，极尽贬损之人，在这位女士看来，小说就是打动人心（打动她）的东西才是好东西，其他都是不值一提的垃圾。诚然，格里耶的作品中的确不存在那种普世的经验和教训一类的东西，也无法让人看后为"要和家人搞好关系"或者"要珍惜时间"之类的事痛哭反省，用他自己的话来说，他的书是"充满幻觉的小小文章"。他打破了故事的时间顺序，打破了人本主义的想法，更不认为小说应该为政治思想服务，而是直白地塑造出一个更加直观的、无意义的世界。

在接受并且顺利吸收了这种观念之后，再去读格里耶的小说，会发现他的文体中有种不可思议的成瘾性魔力，词语与词语奇异地组合在一起，但并无魔幻现实主义小说那种多少有些有意而为的奇幻感，而像是自然而然地存在的天然的幻觉。我为此深深地着迷。

于我而言，格里耶开启了我对小说形式的一种新的认知，如果此篇文章能够引起对小说这种形式有兴趣的人的兴趣，并使人买一本《柯兰特的最后日子》的话（我觉得这本书是一本很好的格里耶入门，恰好也是我看的第一本），我将不胜荣幸。

34

糖的工作

关于糖，我是非常有话可说的，说不定就和酒鬼谈起酒的时候差不多。

我自小就有低血糖的毛病，不是什么要命的病，但如果在公共交通上突然发作起来的话，那也是非常够呛。不过，因为我是一个自认非常谨慎的人，所以在半夜犯了两次低血糖之后，每每出门，口袋里和包里都一定要装上满满的糖。

我自己原本就喜欢吃糖，中学时代在课堂上偷偷吃糖不说，到了大学考试的时候，光明正大地往桌上放一把糖，一边吃一边写着主观大题。每道题的字数都起码要回答个五百字，不在嘴里塞一块糖的话，觉得考试时间实在是异常漫长。

我喜欢用糖的块数来计算时间，小的时候做数学题，每做五道题吃一块糖；到了中学，每背一首诗吃一块糖；到了现在，就自然而然地演变成了每写这样一篇稿子吃一块糖。

不知不觉，糖变成了人生中必不可少的微小的乐趣。

但如果说到要吃多少块糖才能长大一岁这样的事，似乎是小孩子独有的计算方式（我小时候也曾经这么算过），但现在已经完全不敢这么计算了。

此时此刻，我正在一边吃着一颗RIBON的梅子糖一边写这篇稿子，但在糖完全融化之前大概不一定可以写完，如果没有写完的话，就再吃第二颗。

我把糖分为适用于低血糖和不适用于低血糖的两种，前者的甜度往往不是很高，比如这颗RIBON的梅子糖，它的表层是一层酸酸甜甜的透明梅子味糖壳，把这层含化或者咬碎掉之后，里面是梅肉酱夹心。咸酸的梅肉非常刺激味觉，还是解餐后油腻的一把好手，我自己是非常喜欢梅子的，经常几天就吃掉一大包朋友称是酸得完全吃不下去的梅片，所以，这包糖是我抽屉内不可缺少的存货。

另外，还有一款更为刺激的梅子糖，是NOBEL的"男梅糖"。它完全还原了紫苏梅子的咸、酸、甜的味道，比起糖，更像是直接吃进了一颗新鲜的梅子。有段时间我对它非常着迷，每天差不多吃上半包，吃到上颚被糖磨破，导致无论吃什么东西上颚都疼痛难忍才算作罢。虽然是我非常喜欢的糖，但也有不少人称它是孜然味甚至是虫子味（虫子是什么味道），所以大家购买时切勿盲目。

虽然梅子糖非常美味，但是，它到底并不是用来对付低血糖的东西。对付低血糖的话（当然没有低血糖的时候也可以吃），我会选甜度高一些的糖，这么多年的实际测试下来，觉得阿尔卑斯的原味牛奶糖、旺仔的牛奶糖、KANRO的抹茶牛奶糖都是上上之选，基本在身体觉得有些不适的时候就迅速地含一颗进嘴，情况马上就可以得到缓解。

水果糖我也喜欢，尤其喜欢西柚味的糖。其中Pure的西柚软糖我觉得最佳，它在完美地表现了西柚酸甜的同时将它本身微薄的苦味也一并还原，且糖的口感很韧，有点像是在咬一块浓缩的西柚，想吃水果糖的时候，我的脑中会首先想到它。

另外，曾经写过一段和水果糖有关的，我自认为非常美好的恋爱场景。

在一个清爽而忙碌的春天的早晨，天气乍暖还寒，一对恋人匆匆起床，准备赶赴到学校去考最后的一门专业课。其中一人的考试时间在八点，另一人的考试时间在十点，于是，我们由此暂时将两个人的名字决定为08和10。

08起床的时候，时间已经有些赶了。家中没有早餐，冰箱里连鸡蛋都没有剩下。08披着外套刷牙，一边抱怨着坏天气一边问10还有没有什么东西可以吃，10翻了翻自己的大衣口袋，翻出来一袋彩虹糖，他说："只有这个了。"

"那就这个啊。"08说，"我要红的，草莓味的。"

在08说话的时候，10已经往嘴里塞了一颗彩虹糖，他指了指自己的嘴唇，示意08过来。08走了过去，和10接了吻。

我去你的，这根本不是红的。08愤怒地想。

想让这个场景顺利成立的话，彩虹糖是不可或缺的。

顺带一提，彩虹糖之中，我最喜欢的是绿色的青柠味，其次是紫色的葡萄味。红色的草莓味道倒不是非常喜欢，如果说对草莓味的还原，我觉得不二家的棒棒糖做得很好。

保温杯和自身缺失

在我极为短暂的办公室生涯中，遇到过一位非常温柔的女性前辈。

我待的是广告公司，办公室的气氛整体算是十分和谐的，要说的话，和课外补习班的气氛说不定有点接近。

同事们每天中午一起吃饭，有时在楼下的快餐店吃，有时叫外卖来办公室。有一天，我因为胃痛没有和她们一同吃饭，自己在位子上嚼能量棒（是的，我已经是一个可以自然地独自吃饭，独自去洗手间的大人了），等到她们吃完回来，其中一位大我一岁的前辈走到我面前，询问我为何今天没有一起吃饭。

这位前辈实在是个非常温柔的人，留着一头柔软的长发——看起来令人羡慕地没有任何毛躁、脱发、打结的问题，平时经常穿一件薄毛衣配一条及膝的半裙，或者长裤配造型柔和的浅色西装外套，就是那种你会在CLASSY杂志上看到的女模特的打扮。在广告行业这个时不时令人跳起来大骂甲方的行业，她的沉稳和安定可以说是办公室内的一种奇迹。

面对这位前辈，我的语气也不由自主地温柔下来。

"没事，"我说，"胃痛而已。"

"胃痛啊？"她微微张大眼睛，"那才要吃点东西啊。"

"没事，没事。"我说，"已经吃过了。"

"咱们办公室里是不是没有热水啊……"她一边这么说着，一边在自己的桌上取来了一个保温杯，倒了一杯还冒着热气的水给我。

坦白说，我不是个特别会关心他人，同时也不是特别能够顺利接受他人的关心的那种人。胃痛是我的老毛病了，基本是我自己胃功能不大好，又喜欢刺激性食物，同时三餐不大规律所致。一开始，男友还会因我告诉他"今天胃痛不吃饭了"而紧张地问长问短，后来我实在不耐烦，明白地告诉了他："我说的话都是字面的意思，我告诉你胃痛不吃饭，就是表示我今天胃痛不和你一起去吃饭的意思。等到明天不痛了我们再去吃饭。"

他听说不用猜测我的想法，自然乐得轻松。并且，他自己的三餐和作息也不怎么规律，也没有资格要求我好好爱护身体，所以，每当这种时候，他基本上就是尽一下男友的义务，为我点上一碗粥送到我家门口（亲自过来熬粥是不可能的）……这是另外的话题了。

回到办公室内发生的事吧。

这位前辈的保温杯是THERMOS的，据她说，热水放在里面二十四小时都完全不会变冷，她习惯喝温水，所以不管走到哪里，手边都会带着一个装满热水的保温杯，以避免餐厅中不提供热水的情况。或者身边的人有什么需要的话，她也可以马上拿出热水来。

她说话的语气也非常温柔，和她在一起的时候，我感觉自己简直像是一只平时住在车轮底下的野猫，在一天突然被某个有钱人家的大小姐抱回家中，细心地为我倒上一盘牛奶……

总而言之，前辈和前辈手中的保温杯让我内心的什么东西温柔地摇动起来。后来不久，我也买了一款相同的保温杯，当然没有带去公司用过，只是放在家中的搁架上。这个奶白色的保温杯总是令我觉得，我或者也该学着更加温柔一些，无论是对待身边的人，还是对待自己。

不过，可惜至今还没有机会为其他人倒上一杯水。

话说回来，我个人觉得，温柔是一种非常了不起的品质，它同时代表了善良、真诚和强韧。不过，我的一位朋友十分厌恶别人说她温柔来着，觉得是一个攻击性的词语。不过，说实话，她每每买下的衣服和饰品，偏偏都是第一眼看上去便令人想高呼"好温柔"的款式，但我又不能这么对她说，便只能每次都绞尽脑汁想其他的形容词。

人真的复杂而有趣呢——我这么觉得。人向往着自己的缺失之物，同时薄待自己的拥有之物。这么说来，以保温杯为例的话，我买下的东西中，可能也确有不少是为了填补自身缺失而存在着的。

到底哪些是这样的东西呢？总觉得思考起来，会变成一个伤心的话题。

路边的神灯

曾经在上海陪朋友参加过一位日本偶像的握手会。

朋友喜欢了这位偶像将近十年时间，可以说自他出道开始，她便成为了他的粉丝。整个见面会全程她都紧张得不行，在马上要开始握手之前，她问我要了护手霜——她自己的因为过于紧张而落在了酒店，在手上涂抹了数遍。

"你的护手霜好好闻啊！"她这么说。

我的护手霜确实很好闻，可以自豪地这么说。

最近十分中意的护手霜是Cath Kidston的一款，很适合夏天使用，挤出来是半透明的膏体，涂在手上后会马上化成一颗颗的水珠，这个过程十分有趣。它的香味我觉得接近于某种清新的梨子香，更确切一点地说，是在花店中有人切开了一颗水气十足的梨——大概是这种感觉。

除了这种会化成水珠的之外，Cath Kidston还有一款更加厚重，滋润度更高的护手霜，香味也是更加馥郁，一般我会选择在秋冬季节使用。

我的包中永久性地携带着护手霜，加上北方空气偏干，我对手部的干燥开裂这回事可能到了一种有些神经敏感的程度。归根溯源的话，可能要归咎到大学的一节摄影课上。

摄影课是分小组上的，每个小组六人，发一个单反相机，六个人凑在一起学习拍照的方法。记得那节课是学习对焦，于是，我的室友将我的手当作了拍摄对象，对着我放在桌上的手一通狂拍。拍出来的照片普通地看起来倒是不觉得有什么异样，但不知是什么人（或者是我自己）不小心点了放大按钮，我的大拇指指甲被完整地放大后显示在相机的相册中，指甲边缘的倒刺清晰可见，令我顿时觉得尴尬至极。

似乎早晨出门非常匆忙，忘记了涂护手霜来着……

我这么回忆着。

当然，他人并没把我的指甲当作一回事，但我自己似乎将这当成了一个可怕的教训，从此再也没有忘记过涂护手霜。

我自己当然从来没举办过这种握手会，也不大清楚作为工作和人握手是种什么样的心情，是会专心致志地听着前来的粉丝说的话，还是会留意他们的脸，或者是会想着"这个人的手很冷啊""这个人的手有些粗糙呢""这个人的手出了不少汗"来着？

　　不过，仔细思考一下，自然那些想要把手的状态搞好，以给偶像留下好印象的粉丝的心情我也能够理解，但如果按照参加握手会的压力程度来计算的话，可能反而是台上的偶像的压力更大才对。

　　状态好不好啊，头发的造型对不对啊，衣领的位置有没有搞砸啊，特别是指甲有没有修剪好，有没有突然冒出来的倒刺啊……偶像要担忧的事一点都不比粉丝少。毕竟，前来握手会的人们都是期盼着这一天，恨不得把这一天的一切都牢牢记在心中的——虽然其中也有我这样的围观群众，但大多数人还是怀抱着"制造美好的回忆"的信念和愿望来到这里的。

　　那么，偶像的手便是美好的回忆中非常重要的一部分了。

　　虽然不会有这样的机会，但容我稍微想象一下这样的场景吧。我清早起来，准备出席握手会，将有两百名粉丝前来参加——据说还有两千名粉丝无法买到票。工作人员在我身边，叮嘱我需要注意的表情，我则紧张得不行，生怕自己的手上出现倒刺，不小心刮到粉丝的手给他们留下不好的印象而拼命地涂着护手霜。

所以，每个佯装淡定的人，其实都在别人看不到的地方紧张得不行呢。这么说的话，参加握手会的小女孩们会不会觉得放松一点呢？

话说回来，我觉得，即使没有握手会要参加——就是说，人生中并没有这个"握别人的手和被人握手"的一环，也要好好保养自己的手部，如若万一在什么地方遇到偶像或者命定之人，或者捡到一个下面贴着"请用没有倒刺的柔软的手擦亮我"的字条的神灯的时候，就可以昂首挺胸地走上前去。

很有道理吧？

迷信的范围

总的来说，我应该不算是迷信之人，但是我的客厅里还是摆着一只招财猫。

之所以说自己不是迷信之人，是因为我对算命啊星座啊这些事一概敬谢不敏，同行当中有不少人都酷爱（并且深信）星座占卜，并称人的星座不是按照十二星座这么判断的，而是要看整体的星盘来断定运势。我的其中一位编辑（不好意思，和我打过交道的编辑太多，总能遇到一些不知该怎么形容是好的人）曾经义正严辞地教训我，一定要给自己的人物设定好星座，只有设定好了星座，他们的性格才有迹可循，真正写作的时候才不至于中途失去把握。

要让人物性格有迹可循我自然是同意，但这理应是通过人物的个人经历或者原生家庭来决定的，星座嘛……恕我无法同意。

我是十一月出生的天蝎座，但要我通过天蝎座这个关键词来概括我自己的性格，我只能举双手投降。看了一些星座的书，其中对于天蝎座的概括我觉得不能说是完全不像我，但硬要说像也是不那么对。而且，在其他星座的性格里，也是有不少让我觉得"和我本人很像"的描述存在。

另外，曾经有一套流行的书，通过回答一百个还是多少个问题来确定自己的角色的性格，我大致翻了一下，里面有几个问题是这样的：

（1）你的角色的座右铭是什么？

（2）你的角色对待环境变化的态度是什么？

（3）你的角色如何看待童话作品？

我想要以我自己的角度回答，但思考了约莫二十分钟左右，也没有回答出来。没有座右铭，对待环境变化也没有什么激烈的态度，对童话作品也没有什么特别的值得一提的看法……所以是注定无法成为主人公的我啊。

我倒也不是对星座持什么反对态度，更无意通过反对星座来标榜自己什么，只是单纯觉得，这套理论大概不那么适合我。

那么适合我的迷信理论大概有以下几种：护身符如果突然出现意外，事情会不那么顺利（比如祈求考试顺利的绘马掉到了地上之类的）；捡到的钱要马上花掉；收拾东西时如果非常顺利会有好事发生；好事来得过多要小心；把招财猫放在客厅会招来金钱运。

我的这只招财猫是父母送的，大概是怀着希望我早日立业赚钱的美好愿景，我依循他们所说，在猫身后的投币口内投入三个一元硬币，并亲手解开包着脖子上的铃铛的纸，据说做了这两件事，我就成为了这只猫的主人。

但是成为了主人之后要做什么呢……

对此却是完全不得而知。

不过，既然是招财猫的话，大概自它进入我家起，将我认作它的主人那一刻，就开始极尽全力在帮我吸引周围全部可能的赚钱的机会，但是它又无法表达，既不能像老板一样坐在办公椅上只管画大饼："喂喂，我看好你啊，好好干，等我们把点击量做到一个10W+，钱肯定少不了你的。"也不能像一些明明什么都没有做却自认帮了我大忙的人一样高傲地打着字："都是因为我你才能得到工作……"它不声不响坐在软乎乎的红色坐垫上（看起来很舒服），笑眯眯地望着前方，一副优哉游哉又气定神闲，一切都尽在掌握之中的表情，仿佛只要它坐在这里，我便什么都不用担心。

既然如此，我想，那么，我自己不努力的话，那就是浪费了它的一番好意了。所以，我自己便也加油工作起来。

不知道是不是和它有关，近两年的确受到了不少人的帮助和提携，多了不少能够赚到钱的工作。当我坐在客厅看着它的时候，仿佛觉得它在对我点着头："嗯嗯，干得不错啊。"

"承蒙关照，承蒙关照。"我也这么和它说。

拍摄这张照片，也是事先和它商量过的。我问："能不能给你拍一张照片啊？"

"尽管拍，尽管拍。"它这么说。

"好的，那就打扰了……"

现在想想，这几年间劳烦了它这么多的事，好像也没有什么报答可以给它（除了最开始的三个一元硬币之外），所以，如果您需要什么的话，请尽管对我开口，小鱼干和猫罐头都可以满足的，猫爬架和狗尾巴草也没有问题，毛线球的话更是要多少有多少，真的，喵喵。

38

理发师的职业和自我

我不太喜欢在理发店剪头发。

一方面是非常不擅长应付闲谈，另一方面是受不了理发师自我意识过强的建议，类似于"你这个刘海已经过时了啊，你知不知道现在流行的是韩式的刘海……"这样的建议。

首先，我不清楚刘海这东西为何会存在过时一说，发型归根结底是为了自己满意，或者说为了扬长避短而存在的，应该不存在为了流行而选择某种刘海的说法。而且，理发师那种世间唯独他懂得流行的骄傲神色，显得坐在理发椅上，头发湿答答地顶在头上的我实在像个白痴。我这个人有个不太好的毛病，一旦觉得自己的脸像个白痴，连和人说话的底气也跟着一同失去。

我本应冷漠地说"不，按照我说的剪"才对，但事实上，我只能尴尬地笑着，说："不用了，下次吧……"

为了不再遭受这样的痛苦和尴尬，我在网上买了一把剪刀，从此再没有去过理发店修剪刘海。剪刀十分锋利，且抓握起来的手感很好，轴承部分也不会过松或者过紧，总之是一把相当好用的剪刀。

用它给自己剪刘海，先用发夹将刘海分成三层（是的，理发的发夹也一同买了），先将第一层"嚓嚓嚓"地剪掉，再放下第二层和第三层，用同样的方法一并剪短。最后用剪刀尖端竖着将刘海尾端稍稍打碎时，颇有一种"自己掌控自己的头发"的畅快淋漓之感。

话说回来，不知道是否有偷换概念之嫌——我们在工作之中，尤其是我们这种做文字工作的乙方，似乎也经常需要面对和理发师类似的情况来着。比如说甲方提出了一项工作要求，要求写出一篇既深刻又易懂又具备社会意义的文章，这种时候，我们便明白必定不可以在文章中谈什么斗牛士与艺术的关系，也更不可能举着键盘居高临下地说什么"你这个要求已经过时了，现在流行的是纯粹的艺术理论"，就只会点头应承，并且努力地按照要求完成工作。但是，为什么理发师在面对顾客的时候，就理所应当地认为自己比顾客更加专业呢？

当然，也许理发师的确比顾客更加专业，可是，我个人觉得，既然从事了这个职业，便还是尽可能要以不那么专业的顾客的喜好为工作的标准才对。

不过，这么一说，这个要求对于理发师而言，算不算也是让他们在工作中放弃自我呢？

如果把我的工作情景置换到理发店的话，那么差不多是这么一副样子：一位顾客走入理发店，在我面前的椅子上坐下，称他需要一个令全公司的女性都为他倾倒的发型；另一位顾客在他身后的椅子上排着队，一边排队一边告诉我，她需要一个有文化质感的，能够让她看起来像是上个世纪的香港电影明星的发型；第三位已经预约好的顾客走入店内，翻着发型册迟迟下不了决定……诸如此类。

然后，第三位顾客要求我依照我的喜好为她设计一个她满意的发型，这种时候，我谦虚地笑着说："这个要您决定才行呢。"

是的，我作为一个职业的社会人士，不可擅自将自我拿出来，免得会招致麻烦。

这么说来，其实我对理发师的不满，也许还有一种任性的"凭什么我就要在工作中战战兢兢，而你就可以随意地践踏我的想法"的不满。当然，也可能是我生活得过于小心翼翼了，自己成了自己的界限也说不定。

另外，我真的很想给第三类顾客递上一把剪刀。

39

作为意外收获的风衣 ———

　　我这个人不太喜欢穿风衣。

　　不喜欢穿风衣的心情和不喜欢穿正装差不多，不大喜欢那类一本正经的，穿上后可以直接去演职场剧的衣服（也因此绝对不考虑需要穿职业装上班的公司）。不过，这种个人偏好导致春秋之际能够穿的衣服稍稍有点贫瘠，要么是棒球衫，要么是长的连帽卫衣外套，这样的衣服舒服是舒服，但是偶尔想穿一穿冬天穿的裙子的时候，就遇上了搭配的难题。同时，在大前年秋天，我刚刚从东京回国不久，不得不去和某家在工作上有合作的公司的一位总经理级别的人见面，我的编辑还特意嘱咐了我不要穿得过于学生气（虽然我不觉得自己穿衣哪里学生气），就这么的，我踏上了寻找适合的风衣的旅程。

提到风衣，首先想到的一个牌子便是Burberry。虽然价格不低，但版型和材质绝对有所保证。它的经典风衣分为切尔西、肯辛顿、威斯敏斯特、卡姆登等几个版型，店员看到我，知道我想要一件风衣之后，当即向我推荐了他们的卡姆登版型的一件，上身试穿效果竟然奇迹般地合适，将我之前对风衣紧绷严肃的印象一扫而空，店员也连连夸赞，不过，我最终还是没有买这件风衣（买了一条丝巾），一是觉得花15000元买一件平时到底不怎么穿得上的衣服有点奢侈，二是不想为了那位经理如此大动干戈地准备行装——有什么了不起的？我有什么非要求着她不可的，还要为了她特意穿上她喜欢的衣服？

离开Burberry后，我和朋友去了另外一家购物中心，入驻那里的品牌的价格就相当平易近人，还有不少我喜欢的餐厅也在其中。于是，我们吃了一顿火锅，举着柠檬茶在一楼随便乱逛时——那时我已经放弃了要为这位经理特意去买什么风衣——不过，朋友指了一下位于Zarahome对面的MOUSSY，说这里也有不少风衣，让我不妨进去碰碰运气。

MOUSSY是个日本的休闲品牌，最初似乎是以牛仔时装起家的，当年记得网上有个日本服装品牌的归类统计，分为了OL系、甜系、原宿系、森系等，还有个更为笼统的分法，即把服装简单粗暴地分为"软妹系"和"硬妹系"，snidel、lily brown、NICE CLAUP算是软妹系的标准，MOUSSY、SLY等几个品牌则为"硬妹系"的代表。

这么的，我并无期望地走进去，结果意外地试穿到了一件异常合适的风衣外套，有些过分地说，它的肩部设计和此前在Burberry试穿到的颇为相似，至少放在我身上，肩膀的线条并非被硬挺挺地撑起来，而是被修饰出了一个恰到好处的形状。风衣是黑色的，质地很挺（当然比Burberry要差不少），更重要的是，这件衣服打过折后才500元出头，我和朋友对视一眼，一致觉得"就是它了"。

回家后，我把这件风衣和衣柜里的其他衣服搭起来试穿，发现它实在是奇迹般地能与好几件不同季节的衣服搭配和谐，春秋季节的无袖连衣裙和阔腿裤，夏季的T恤和牛仔短裤，冬季的薄毛衣和长裙，全体都毫无违和感，因此再度颠覆了我关于风衣的印象。

结果，我便穿着这件风衣和牛仔短裤去见了那位总经理，其实下半身理所应当该穿正经一些的长裤才是，但由于我个人的任性，觉得要牺牲到这种程度的工作不如不要（也和工作本身不吸引人有关，无论是内容还是报酬），交谈过程中倒是没有太多的不愉快，不过工作上的合作最后也没能够谈成，至今为止，也没听过这项工作有什么进展。

这种事情时常发生。

不过，我因此收获了一件让我在春秋之季爱不释手的风衣，怎么说也不算是坏事。

40

不令人失望的Pink Floyd

　　我喜欢听音乐，尤其是在写稿子的时候一定要听音乐。音乐的类型大体和稿子的风格相关，被点名要写恋爱小说的时候，基本上会听带歌词的粤语歌，写类似于这样的散文的时候，听的多是以Stan Getz为中心的爵士音乐，如果接到什么不得不在短时间之内迅速完成的工作的话，就会选择一些快节奏，但又不至于把注意力完全吸引走的音乐。

　　曾经在一天之内写完了一篇概括海明威生平重大事件的文章，当时听的是《来自nayutan星的物体X》这张CD，和海明威的个人风格并无半点联系，甚至如果壮年时期的海明威本人听到的话，恐怕会觉得我是在侮辱他的作品。但是，毫无办法，音乐的气氛就是和我当时敲打键盘的节奏形成了完美的契合。

我认为，音乐和文学一样，完全是一种因人而异的存在。

一个非专业研究音乐的人出于兴趣欣赏音乐，为"喜欢的"和"不喜欢的"音乐归类，归根结底是一个通过音乐来为自己内心的东西归类的过程，也许当中会有一部分人在这个过程中对音乐产生了进一步的兴趣，想要仔细研究一下何谓"好"的音乐，以产生看待音乐的新视角。没有觉醒此种能力的人，最终还是以自己浅薄的人生经验来作为判断音乐之好坏的基准。

这件事听起来异常令人心酸，又似乎毫无办法。

高中的时候，我听的歌基本都是摇滚乐和迷幻电子乐，当时也不大懂得筛选喜欢的歌和不那么喜欢的歌，总而言之，就将能够接触到的乐队都照单全收，The Beatles、NIRVANA、Pink Floyd、sex MACHINEGUNS、Acid Mothers Temple、kousokuya等，耳朵里几乎没有空闲的时候，永恒地被音乐所填满。

进了大学，有段时间开始莫名其妙地失眠，那时按理说也并无什么了不起的压力，却就是莫名地整夜整夜睡不着觉，导致每天上床前都非常恐慌，于是进入恶性循环，搞得情绪和身体都非常糟糕。

后来，想着既然都无法睡着，索性继续听摇滚乐吧。这么的，开始播放起了Pink Floyd的《*The Dark Side of the Moon*》这张专辑，这是我手中为数不多的实体专辑，是当时在电影选修课上认识的一位朋友送给我的。他说，只要是能买到实体专辑的，他就会把它买回来。一来是为了收藏，二来是对音乐人们（尤其是还活着的音乐人们）表示自己的支持和感激。在当时那个盗版音乐大行其道的时代，他的想法和做法无疑是非常了不起的，令我在佩服之余也有些歉疚——对那个在网上下载音乐并无愧疚之心的自己。

《*The Dark Side of the Moon*》这张专辑发行于1973年，是一张概念录音室专辑，据说在九十年代中期，满大街的音响器材店都在用它试音，因为它的电声层次实在非常丰富。像我这样用iPod在宿舍内听，大概要被人说是暴殄天物。但是，接下来的事便可以说是更加暴殄天物了——在开场"*Speak To Me*"的笑声和心跳声中，我竟然莫名地产生了一点睡意。

而且，因为这张CD的理念是"要用一整张专辑表现一个主题"，所以曲子和曲子之间接洽得非常顺畅，于是，睡意完全不会被什么所打断（《Time》的电话铃声也没有），我便难以想象地在《The Dark Side of the Moon》中度过了一夜安眠。

事情不止如此，此后每每我觉得入睡有困难时，第一个想到的便是《The Dark Side of the Moon》。当然了，Pink Floyd创作这张专辑，肯定不是为了让人用来催眠，我的朋友送我这张专辑，也一定是想借此让我和他多多讨论一些音乐，而不是让我把它当作催眠音乐。我当然知道这回事，但是，就当时来说，把Pink Floyd和我的睡眠一同放在天平上衡量的话，比起捍卫Pink Floyd的艺术性，一定是我的睡眠来得更加重要。

另外，后来在父母家，用高级音响播放了一次《The Dark Side of the Moon》，音乐的确美妙无比，令人觉得不愧是不令人失望的Pink Floyd。

耳饰搭配指南

　　耳饰是个锦上添花的饰品，搭配得当的话，可以非常顺利且简单地制造出不同的个人形象，我是这么觉得的。

　　耳饰大致分为耳钉、耳坠、耳环、耳线、耳骨钉（耳骨夹）这么几种，原则上不挑长发和短发，具体适合哪一种，要看想要呈现出的感觉。

　　耳钉是精巧的小小首饰，适合想要低调，又想要流露出一点不经意的精致的场合。我一般会在发型做得较夸张，妆也化得偏复杂的时候选择戴一个小小的耳钉，以免让整个人都浮夸过度。

　　耳坠的类型就分出了很多种，有温和优雅的，也有俏皮可爱的，还有非常夸张显得酷感十足的。耳坠和耳线一样，藏在长长的头发里，随着头发的摆动而若有若无地露出一点是很规整的美，短发或者把头发盘起的时候，两颗耳坠放肆地摇摆，是种恣意的好看。实不相瞒，我很喜欢看男孩子戴耳坠。男孩子戴耳坠大多只戴单边，或者一边是耳钉，另一边是偏长的耳坠。耳垂上的一抹亮色，轻巧地点燃了一点性感，总让人有点移不开眼神。

不久前看的漫画里有个为了恋人打耳洞的场景，两个人戴着相同的耳钉，是种默契和占有欲。

新打的耳洞很难养，总要用酒精消毒，而且不能碰到脏水，睡觉时也不可以被压到，总之非常麻烦。恋人睡觉的时候，一个人始终用手护着另一个人红肿的耳洞，一个没忍住吻了上去，另一个人有所察觉却尴尬害羞地努力装睡……是至今印象都非常深刻的漫画情节。

之前剪了一个类似于学生头的发型，也没有再染发，看起来实在有点过分乖巧，因为不喜欢给人这样的感觉，便在右边耳朵上戴了一个Vivienne Westwood的骷髅耳坠，耳坠约有一根手指那么长，歪一下头就垂到肩膀，一下子中和了发型带来的学生气。但那个耳坠实在重了些，一个小时过去，就觉得耳朵被扯着实在难受，至今也没有戴过几次。后来头发染成了水蓝色，再配这样夸张的耳饰就显得整个人都不大像什么好人……便开始戴起低调的小型耳坠。

APM是个我喜欢的饰品品牌，因为我只有一个耳洞，它家耳饰的不对称款的设计深得我心，颇有花了一份钱买到了两个不同耳钉的满足感。染了头发之后，最中意它的一款小星球耳钉，耳垂上亮闪闪的银色星球将人衬托得格外活泼。还是给人这种印象比较符合我个人的心意啊——我这么想。戴着个超大的骷髅是要吓唬谁呢。

耳线是优雅的代名词，我见过的耳线，基本上都没有过多的装饰，只是两条长长的银线（或金线），有的底端会有一个小小的挂坠装饰。之前在街上见过穿得很中性，剪着超短发的女孩单侧戴着长长的耳线，非常惹人眼球。假若把耳线换成耳钉的话，这种吸引人的感觉可能就要淡掉不少。

但我没有买过耳线，不知为何觉得自己驾驭不来，也许再过两年会有不同的感受。

不过，说了耳饰的这番好处，它却到底只能够肩负起锦上添花的功能，无法在其他什么努力都不做的情况下改变整个人的气质。所以，若对进一步改变个人形象这件事有兴趣的话，还请关注之后大概会有的口红篇章与眼影篇章——总觉得像个什么美容综艺节目的下期预告一样，没问题吧？

42

高中生的礼物

这个史莱姆玩偶是男友送我的礼物。

今年六月，我们和他的两个朋友一起跟团去了一次日本，是一次行程相当紧密的旅行，金阁寺、富士山、忍野八海、奈良公园……我们被旅行社的大巴拉着奔波了数天，到达东京时已经彻底疲惫不堪。

我们在东京总共会待两天，一天跟团跑银座、皇居、浅草等景点（累得半死），另一天便是众所期待的自由活动时间。他的朋友打算去上野公园和动物园，而我对公园和动物都没有多大兴致，于是我和男友去了池袋的西武百货逛Loft，之后又去了距离不大远的Animate。对于我们这种人来说，售卖各种漫画和游戏周边商品的Animate，就约等于是天堂一般的存在。

男友是《勇者斗恶龙》系列的忠实玩家，可能还因为长得有点像史莱姆的缘故——起初我不知道到底什么地方像，但他的朋友们都纷纷说着"像啊像啊"的，让我不由自主也觉得"啊，可能是有点像吧"……所以说人心的暗示真是一件可怕的事呢。

在Animate，我们都选好了各自需要的东西，已经准备去排队结账的时候，男友突然想起了什么一样折返回去，拿了两个拳头大小的史莱姆玩偶回来。

"把这个挂在包上，"他说，"就配对了。"

"配对了……"我说，"你是高中生吗？"

"怎么样？"

"也可以吧，倒是也没什么不好……"

我这么说着，他于是兴高采烈地将两个史莱姆玩偶丢入了手中的购物篮。虽然我对史莱姆没有什么特别的兴趣，但是旅行的时候，不因为小事败坏他人的兴致是第一要务，何况史莱姆也不赖……我这么想着，就任他把玩偶挂在了我们的背包上。我们宛若高中生情侣一般走出Animate，在池袋熙熙攘攘的街上并无目的地闲逛。大概是因这一次回国后，马上就要回头面对堆积如山的工作的缘故，那个时候，我突然生出一种莫名的幻觉，仿佛我们是大胆地逃出学校的高中生，偷过这一日闲后，一切都将回归正常而无趣的轨道。不过，因为我们在这一天已经以一只史莱姆玩偶确定下了关系，所以第二天的生活，必定要变得和前一天不同。

学校也没有什么可怕的，因为有另一个人在。

是想想就令人幸福的事。

回想起来，学生时代是喜欢做这种事情的。记得当初大学校园里，尤其是夏天，走上几步便可看见身着情侣T恤的学生，时间再向前溯一些，恐怕不少人都买过和喜欢的人一样的笔和本子，只是看着自己手里和对方一样的笔，心头就有种天真的幸福。而两个人关系的确认可能也只是很简单的一个举动：买来成对的东西，两个人一人一个，如对方接受了，那么关系便自然成立。

也许校服也被不少人寄予了幻想，因为这是为数不多的和喜欢的人穿相同的衣服的机会。

所以这个蓝蓝胖胖的史莱姆……在回程的飞机上，我捏着它想，实在是高中生才会送的礼物啊。

但是确实非常可爱。

我不由得开始想，假设我们二人的确是在高中相遇的话，是否能够像现在这样顺利地在一起呢？

这种高中生的礼物，在成人社会当中，我觉得其实已经不大有容身之地了。如果要送的话，定要考虑好时间、地点、场合和两个人的心情。在Animate随手一拿，说是两个人的旅行纪念，就是让人觉得很开心的礼物，但倘若是在生日这样的重要场合，对方从袋子里掏出一个史莱姆玩偶，并说什么"希望你看到它就像看到我一样，它会帮我守护着你"之类的话的话，我觉得……恐怕是要吵上一架才行。

所以，在不同的时间出现的物件，代表着截然不同的含义。这点请广大的男孩子们记好，千万不要因我说了史莱姆非常可爱，就在女朋友生日时给她送上史莱姆才是。

这只史莱姆玩偶，我放在了身后的书架上，是我平时工作看不到的地方。怎么说呢，因为男友的脸长得太像史莱姆，被它这么盯着看，感觉总有点奇怪。

43

感谢体贴的制冰格

让我开门见山地来介绍一款我自己十分喜欢的饮料。

在纯净水中加入柠檬汁、柠檬小块、蜂蜜和薄荷，搅拌均匀后倒入制冰格中，放入冰箱冷冻上一个晚上，第二天取出来丢进杯中，然后满满地倒上雪碧，可以瞬间将雪碧的美味度提升数倍。如果再加入更多的薄荷叶的话，看起来就颇似一杯无酒精莫吉托，只是莫吉托大多使用青柠，我一般用普通柠檬。

假如担心雪碧甜度太高的话，也可以用Perrier或者普通苏打水代替雪碧。但我觉得，既然是饮料的话，甜度如果不够，幸福度就不够。如果想要喝得健康，那么干脆就去喝水好了——所以我会坚定不移地选择雪碧。在此向全国喜欢Perrier和健康饮料的人道歉，并不准备忏悔和改正。

我很少拿制冰格来冻普通的冰块，喝可乐时就冻可乐冰块（不过我家中的冰箱有软冷冻层，很喜欢把可乐放在里面，等它产生液体的过冷现象，就可以喝到可乐沙冰），喝拿铁的时候，就冻咖啡冰块。之前收到了一大罐咖啡，但我不怎么喝咖啡，又不想浪费，就把它做成了咖啡饮料。倒上一杯牛奶，然后投入几块咖啡冰块，冰块缓缓化开，在表面晕开十分好看的大理石纹。我想，假若把牛奶换成咖啡，又用咖啡冰块代替普通冰块的话，效果应该也不会差。喜欢咖啡的人或者可以尝试看看。

橙汁冰块、牛奶冰块、红茶冰块……都是同理。

另外，我还喜欢冻百香果冰块，和柠檬冰块的做法类似，只是在其中多加入一些百香果。它除了可以丢入雪碧中，还可以丢进冷泡红茶里。百香果的香味和红茶的香味构成了一个十分奇妙的组合，颇似小雏菊香水和欧舒丹的樱花身体乳叠加在一起出现的那种独特的樱花糖味……打个比方而已。

还有什么冰块的做法呢，我还用它做过冰冻水果来着，将一部分蜂蜜柠檬水倒入冰格中，然后加入西瓜、草莓、蓝莓、葡萄、芒果等水果。我觉得水果冰冻之后要比原本的水果好吃，尤其是冰冻后的葡萄，剥了皮后投入雪碧中（又是雪碧），是夏天至高的享受。

我用的制冰格是Joseph Joseph的，这是个以厨房和餐具用品为主的英国品牌，它家的分类切菜砧板与食物储藏罐也非常方便好用。这款制冰格最为便利的是底部的硅胶开关，冻好的冰块只需推开底部的开关，就可以使冰块轻松脱离冰格主体。大块的冰块从制冰格直接掉落进入杯底的声音，如同夏天到来的预备铃声。

另外，令我非常满意的一点是它的盖子的设计，可有效防止水的溢出并隔绝冰箱异味——话说回来，从前我一度认为，冰格要设计盖子，就和人的衣服要有拉链一样，完全是天经地义不容有异的事，但是不知为什么，不管是冰箱买来时自带的冰格也好，还是在Ikea觉得形状可爱而买回来的硅胶冰格也好，竟然都没有盖子。为此不大明白设计者的想法，莫非是他们觉得，制冰的方法就是先将冰格放入冰箱，然后再倒上水才对？即使这样避免了水溢出的问题，但冰箱中存放的肉啊海鲜啊难免存在味道，海鲜味沁入冰块中，这种事可真不是随便说说的。或者说，是不该往冰箱中放海鲜的我的错吗？

无论如何，在此向Joseph Joseph表示感谢，非常感谢他们深刻地考虑到了我这种喜欢在厨房的工作台上向制冰格中倒水，并且会把吃不完的海鲜存放在冰箱中的人的感受。倘若世界上都是这样体贴的人和体贴的设计，我们大概可以顺利进入一个更加理想的社会。认真的。

44

不可避免的遗憾之事

　　这是此前在上海看演唱会的时候，旁边的日本女孩送给我的纪念礼物。看起来是一枚硬币的模样，事实上是用来换饮料的——因为之前用和这枚硬币一样的硬币换过不少次饮料。

　　女孩在推特上的名字叫作"丽织"，不清楚姓氏，也不清楚这个名字是否为真实姓名——总而言之，暂且用这个名字来称呼她。

　　演唱会开场之前，她先朝坐在旁边的我搭话。

　　为何她一个独自赴上海看演唱会的日本人会向身边的人搭话呢？大概是因为当时我手中拿着一本日语轻小说的缘故。

说起来，在日本的时候，我也曾经做过一样的事情来着。研究室的第一节课，我因为基本听不懂老师要干什么而有点着慌，而向手里拿着马克尔斯的《百年孤独》的中文译本的同学搭了话。

我当时心中想，觉得除了中国人之外，不可能有什么人会读《百年孤独》的中文译本。结果如我所料，那位同学的确是中国人。

丽织大概也怀抱着这种想法向我搭了话，然而，令她意外的是，我却不是日本人。

"请问您也是从日本来的吗？"她这么问我。当然用的是日语。

"不是的，是中国人……"我这么回答，用的也是日语。

"？"

"哈哈……"我尴尬地笑，"但是可以讲日语，一点点。"

"好厉害！"

"不，会讲日语的中国人很多的。"

"是这样啊……"

这么的，我们开始简单的闲聊。

她非常喜欢这个乐队，从前在读高中，学习很忙，零用钱也不够，就总是无可奈何地会错过一些演唱会场次。现在她升入了大学，终于获得了自由，这一天，她以"第一次出国看演唱会"这个形式作为自己大学生活的纪念性开场，我觉得这是件非常了不起的事。

但可惜，这个乐队我并不是那么熟悉，我之所以来看这场演唱会，也不过是人恰好在上海，一个人孤苦无依（也没到这个程度），需要给自己找点事来度过这些不大有趣的周末。

场馆的灯光暗下来后，我们便不再讲话，专心致志地享受着演出。

演出时间总共两个多小时，安可也结束，观众们纷纷用手机拍摄舞台的纪念照片时，我拿出棒棒糖来吃，也分了一只给旁边的丽织，她惊喜地向我道谢，随后从包里拿出了一枚硬币给我。

"这个，是纪念用的……"她解释。

我好奇地接过硬币，发现是东京巨蛋旁边的TOKYO DOME CITY HALL的饮料代币。有的演唱会会在票价之外另收500日元的饮料费，在入场时给工作人员500日元，他就会给你一个这样的硬币，用以在一个专门的柜台换瓶装饮料。

我对她道谢，我们相互关注了推特，一起走出场馆，向地铁站的方向走去。我问了她住的酒店位置，帮她确定了地铁的方向。因为完全不顺路，我们就在地铁站告别了。她在进站前对我说："之后来日本一起玩呀。"

"好呀。"我说。

但是，之后我的确又去了日本，但自然没有找她一起玩。我们虽然也互相关注了推特，不过因为我对她喜欢的乐队实在不那么熟悉，也不大有时间和精力去特意熟悉的缘故，也没有找到合适的契机再去聊天。而我的推特只是用来看他人的动态的，自己一条都没有发过，大概即使她想要再和我讲话，也同样没有合适的话题可以切入。

是件想起来觉得多多少少有些遗憾的事。

我想，假设我和丽织一样，是怀着百分之百的热情和期望前往那场演唱会的，那么，我们说不定会因此成为朋友吧——那种可以分享喜欢的偶像的动态，有着只有我们知道的秘密语言，对着偶像的照片一起尖叫的朋友。

也许是我令她失望了，我这么觉得。

不过，世间这样的遗憾总是铺天盖地，两个人虽然在一起，看起来是做着同一件事，但内心的目标却截然不同，也难以说谁是正确的，而谁又是错误的。这么一来，失望和误解便应运而生。其中的每个人可能都觉得不公，都觉得辛苦，但又别无他法。怎么想都觉得是一个完全无解的话题。

45

夏天的开始

我喜欢夏天。

确切地说，我喜欢的是春天结束，刚刚冒出头来的夏天。天气还不算非常炎热，未到小区内的狗都垂头丧气地吐着舌头，蝉也哇啦哇啦地叫个不停的程度，是西瓜刚刚摆上路边，烧烤摊人多起来，脱掉外套换上短袖T恤和无袖连衣裙，可以站在街上舒服地吃一支冰淇淋的时候。

同时，也是把电风扇搬出来的时候了。

现在这个电风扇是去年新添置的，在店内见到便一见钟情。我不大喜欢那种很高的立式扇，偏好可以放在桌子上的矮电风扇。从前家中有一个纺锤形的，打开后声音大得不行，简直像个流浪歌手拖着话筒和音箱站在桌子上自顾自地咆哮。于是，我特意问了店员声音如何，店员自豪地说：

"您放心，这款是完全静音的，几乎没有任何声音！"

店员的诚实值得赞赏，这款电风扇的确非常安静，颇有润物细无声的春雨之感。我将它放在餐边柜上，这样风可以吹到整个客厅。我有的时候喜欢坐在进门处的沙发上写稿，这样，风就可以柔和地落在我的身上。

我的沙发很大，除了能塞下我，塞下电脑，塞下靠垫和薄毯之外，还可以塞下几本书和一些零食。于是，我在沙发上工作的时候往往非常兴师动众，颇有小时候春游的雏形。想来，小学时的暑假我似乎便是如此，抱着漫画书、零食、饮料等一大堆东西，坐在铺在地上的凉席上，电风扇就在我旁边，扇叶转动卷起的混着汗味和西瓜味的风，是我对于初夏最初的记忆。

我自认并不算是恋旧的人，旧物一向当扔则扔，对最近兴起的怀旧餐厅和怀旧零食店也完全没有兴趣，不过，坐在沙发上，一边拆着零食包装袋，一边感到徐徐微风切实地吹到身上的时候，所感到的时间感确实几度发生过错乱，就如同我在浴室观察自己的身体时一样，只是看着自己的双膝，似乎一会儿觉得自己变得很大，一会儿又觉得自己变得很小。这是小时候经常有过的感觉。

坐在沙发上的我，嗅着电风扇卷起的水蜜桃味——是空气香氛的味道，也觉得仿佛回到了在我的第一个家中度过的那些漫长的，悠闲的，无所事事的夏天。

时间就是这样过去了啊。

我当然不会向什么人感叹"时间就是这样过去了"这样的话，不过，在写这篇文章时，我看着身边的电脑、鼠标、台灯、水杯等东西，突然想到，假设自己向它们感叹"时间就这样过去了"，它们会怎么回答我呢？

如果是电子琴的话，大概会漫不经心地反问上一句："什么时间？"而手中的键盘大概根本不会理会我——我对苹果公司的产品总有这样的印象，它虽然体贴入微地完全配合着我的使用习惯，却坚定地不打算多说一句话。要是那只史莱姆，说不定会跳起来对我讲上两个小时《勇者斗恶龙》的历史和它的痛苦。不过，总觉得如果是这个电风扇的话，它会安静地点一点头，说："嗯，时间过去了。"

也算是无印良品的东西所给我的共通印象，安静、坚定、不随便发表意见，对时节更替、物事变迁也处事不惊。

由于它的这种性格，等夏天从浅夏步入炎夏之时，也便就到了它将原本的工作交给空调的时候了。虽然在那样的夏天，它也是安静地一边说着"夏季的感觉变得深刻了呢"一边继续温柔地吹着风的性格，但是对于我们来说就有点受不了了……人类最终也是无法像物件一样从容啊。

46

小说人物的心情难懂

身体乳代表着什么？

让我来说的话，身体乳的其中一个意味是代表着对初恋的想象。

几年前写过一篇小说，其中有个情节是少年在英语补习班上看着站在教室过道的英语老师的小腿，不由得开始想象她自己在家中洗过澡后，往身上涂身体乳的场景。

老师坐在逼仄的房间中，带着一身水雾和热气走出浴室，坐在床上开始用剃刀刮小腿上的汗毛，之后缓慢地涂上桃子味的身体乳。

大概是这样的场景感。

这篇小说发表出来之后，收到读者的一封私信，询问我女老师在自己的房间涂身体乳的时候心中在想什么。

女老师的心中在想什么来着?

因为那篇小说是以一位男高中生的视角出发的,讲的基本都是他的个人心情,所以在写的时候,并未考虑过女老师的心情。不过既然被这么问了,我自己同时倒是也好奇起来,那位女老师是什么心情呢?

女老师的人物设定,是个只将补习英语的工作当作临时兼职,但还是以能够做到的最认真的态度在完成工作的人。成人世界的压力将她压得疲惫不堪,她也并不认为自己有立场去给中学生们什么人生指引,不如说,被孩子们寄托了过多的期待这件事反而令她觉得痛苦。但已经疲惫至如此地步,却每晚还是要认真地保养自己的身体。我把一天的工作之后的晚间的保养时间,称作疲惫生活之中的一点不甘心的期待和愿望。

我很喜欢换不同香味的身体乳,当然换护肤品也很喜欢——当一天下来,疲倦得不行的时候,想着"今晚要试用新的护肤品啊",心情就会马上兴奋起来一点儿。不过,因为面部皮肤非常脆弱,经不起一而再再而三换护肤品的折腾(顺带一提,换了新的护肤品,如果想看到比较明显的效果的话,最好坚持使用三个月以上),但身体的皮肤的耐受性就强得多，什么面部用着过敏的都可以往身上招呼，身体乳每天换不同的涂也不会有任何问题，真是坚强呢，身体的皮肤。

最近在用的是Victoria's Secret的乳木果和巴西莓这两个香味的身体乳。Victoria's Secret是个做内衣的牌子，但身体乳也有不少个系列。我手中的这两瓶似乎不是香氛系列，不过香味的表现也十分优秀，尤其是乳木果这款，按压到身体上即是一股甜香的牛奶糖味，涂开后又有一种独特的烟草味散发出来，一下中和掉了奶糖的甜腻，颇有种倔强又洒脱的酷感。

巴西莓的味道则要清爽许多，是种清甜安静的果香，是十分适合初夏的味道。

身体乳最好每天涂抹，我过去总会偷懒，尤其是在工作结束的时候，总想赶快洗完澡赶快跑去电视机前玩游戏，涂身体乳这项工作就三天打鱼两天晒网起来。后来工作忙碌，白天忙完了这个晚上还要忙那个，最夸张的时候，连和人微信聊天的时候都在想"得聊了一千多字吧，要是把这个时间用来写稿的话……"，这么一来，每晚涂抹身体乳的时间就成了珍贵的属于自我的时间。

作为社会人，"属于自我的时间"这一点是非常宝贵的，留出这样的时间，和自己喜欢的人或物相处，人生就不至于在某个时间点突然跌入深渊，总有可以让自身稳定的东西存在。

这是我个人的经验。

不过，那位女老师在涂身体乳的时候，心中到底在想着什么呢？

的确经常遇到如此难懂的小说人物来着。

事物的关键在于细节

我喜欢炒蔬菜吃，尤其是绿色叶子的蔬菜。

茼蒿、油麦菜、奶油白菜、空心菜……用植物油清炒，调味品只有蒜片和盐。炒出来翠绿的一大盘，可以一个人毫无罪恶感地吃掉。

我自己是北方人，家庭餐桌上没有吃清炒蔬菜的习惯。父母每每见到我抱着一盘子绿叶菜的场景，都会不解地感叹上一句："这不就是草吗？"

每当这个时候，我就反唇相讥："那肉不是尸块吗？"

人类真的是种什么都要吃的动物啊。不仅仅要吃，还要吃得愉快才行。

炒蔬菜的时候，非常关键的一点是尽量不让蔬菜出水。

清爽好看的炒蔬菜，一旦炒出半盘子水，就一下子令人食欲尽失。拌沙拉也是一样，一盘沙拉一盘底的水，把酱料都完全稀释掉，感觉糟糕透顶。在便宜的快餐店里经常能够吃到这样的沙拉——因此才是便宜的快餐店。

当然了，如果就是这样的定位倒是无所谓，毕竟价格便宜，作为顾客也不可挑剔太多。我有时也去这样的快餐店，在为了迅速而经济地填饱肚子的时候。但是，如果在那些标榜着什么90后创业的，开在路边的，价格不低的，装修风格往往清新可爱的小型餐饮店里吃到盘底都是水的沙拉的话，心情便会立刻糟糕下来，同时，基本也可以确定这家餐厅必定命不久矣。

在谈论情怀之前，先把事情做好。关系到一件事的完成程度的，往往都是细节问题。我认为这是一般人类都有的共识。但经历过几件乱七八糟的事之后，又觉得可能并不是所有人都这么想。

算了算了。

总之，逛Ikea的时候，偶然在货架上见到了这么一个名为沙拉甩干器的东西（之前也说到了，在Ikea总会有这样那样的意外收获），我像是见到了新大陆一般冲上去，把它紧紧抓在手中……好像也没有这么夸张。

它的工作原理和洗衣机的甩干功能有点相似，手持一个旋钮转动装有蔬菜的容器，通过高速的旋转将蔬菜表面的水甩出，以达到脱水的效果。因为转动的速度完全靠自己的手来控制，而莫名其妙地就迷上了"哗啦哗啦轰隆轰隆"地转动脱水器的过程。倒掉多余的水的时候，颇有一种神清气爽之感，仿佛笼罩在自己身上的令人焦躁的琐事也一并被甩脱了。我觉得，人需要这种"付出了努力就可马上看到相应的成就"的感觉，对我来说，为沙拉甩干就是这样的事。

另外有一件很重要的事，即购买沙拉甩干器给予我的生活启示。坦白说，说我这个人见识短浅也没有办法，我在去Ikea之前，是完全不知道世界上还有这种发明存在的。突然同这种便利的东西相遇，总有种"此前过着多么愚蠢的生活"的感受。但是，见识这种东西，绝对不是凭空冒出来的，也不是随着年龄的增长就越变越多的，想要成为眼界宽广的人，首先要见到很多很多的东西。

见到新的发明和设计，无论是实用的，还是只是在实验阶段的，都有助于人拓宽自己世界的边界。

奢侈品也是同样的道理——这段话其实在写LOUIS

VUITTON时便想讲，但不想招致自我标榜的误解便作罢了，但是，或者还是讲出来更好。

可能有不少人会觉得，何必花这样的钱买那样的一个包？包不就是拿来背的？我手中200元的包也很好啊。

我自己手中有70元的购物袋，质地结实又轻便，是出门去超市或者短途旅行时必不可少的装备。不过，我不会觉得它是一个"好的包"。

我觉得，只有在见过了，用过了真正的好东西之后，才能判断出来物件"好"的标准，明白贵的东西自有贵的理由，便宜的东西也有它自己的道理和存在意义（比如便宜餐厅里的蔬菜沙拉），而不致未来被乱七八糟且价格不低的东西所欺骗。对完全不讲究身边用物，觉得东西仅仅"能用"便万事OK的人们来说当然是无所谓，那么，对物品和生活稍微有所要求的人们，多多走路、逛街、读书，绝对是有百利而无一弊的，我个人也在朝着这个方向不断努力。

不想工作啊

随着年纪渐长，愈发感受到了身体健康的重要性。因为是这样一个需要长期保持一个姿势面对电脑的工种，我身边比我年长几岁的朋友们接二连三地被颈椎病和腱鞘炎所困，严重者到了只能躺在床上看书，一天打字不能超过一小时的程度。

一天只能打字一小时对我来说是不可能的，我胆战心惊，而努力恶补起了保护颈椎的方法。如避免长时间低头或者长时间的头颈部前倾，多做颈肩部的放松活动，工作时把显示屏垫高以让视线与显示屏平行，以及不可以用不舒服的睡姿入睡。

不舒服的睡姿？

我思索起这个问题。

大学之后，我已经顺利练出了一套在任何地方都能睡着的本领。课堂上、地铁上、电影院里、音乐会上……当然飞机上更不例外。后来为了保证睡得舒服，我在无印良品随手买了一个颈枕，从此去教室上一些无聊但又不得不去的课的时候，手中都会大摇大摆地拎着这么一个颈枕，算是年少气盛时对浪费时间的课堂的抗议。

它的内部填充的是聚苯乙烯发泡微珠，填充物没有塞得很满，有一定的流动性，这较固定形状的那一类来说要舒适出许多，尤其是靠在飞机经济舱的椅背上的时候，会给颈部以及头部两侧一个很合适的支撑。并且，趴在桌上假寐的话也十分适合。

我第一次坐飞机的时候就带上了它，在同行的朋友在下飞机前抱怨腰酸背痛时，我完全没好意思告诉她，我因为带上了颈枕和口罩而睡了无比满足的一觉，甚至希望飞机再多飞上几个小时这回事。

回到身体健康的话题，那位朋友在和我聊天的时候说，觉得自己整天那么努力地保持健康，就是为了能够好好工作，这件事思索起来实在非常讽刺。

"因为，"她说，"我又不是那么喜欢工作……"

"谁喜欢工作啊。"

"不想工作啊……"

话题又进入了这一领域。

想来确实如此，工作集中到了一定程度的时候，当真是连吃早餐的时间都觉得奢侈。但是，如果硬要站在制高点说什么"不能为了工作忽视生活"，就太过于事不关己了。毕竟这种事不是想怎么样就能怎么样的，不可不做的工作总是非常之多。

那么，不如让工作变得愉快起来，寻找工作的意义。

恕我直言，这也同样是站在制高点的发言。

诚然，世间自然是存在能够好好地享受工作，认为自己的工作是在确实地创造价值的人在。但对其他很多人而言，工作无可救药地只是一种对个体精神的消耗。在这里，如果像打出横幅一样颐指气使地提出"去寻找工作的意义就好了"这样的建议，那么，对无论如何都找不到工作的意义的人来说，又是一种伤害。

不幸的是，对于这个问题，我也无法给出什么有实用价值的意见。不过，对于我个人而言，也许"让身边的物品为你服务"这一点，是有效地缓解疲惫的一个方式，无论是身体上的，还是精神上的。

这也是写这本书的目的之一。

就我的经验来说，在教师自己也不知道自己想做什么，却逼迫学生必须到场的大学课堂上，手中的颈枕无疑是个令不快的心情慢慢缓解下来的道具。在不得不忍受不喜欢的事的时候，至少可以利用手中的东西，由自己还给自己一些小小的自由。在严苛的世界上，只有我们自己，才能够令自己尽可能地活得舒服一些。也许这会对他人造成冒犯，但是，如果过多考虑他人的想法的话，会让生活变得越来越麻烦，这也是我在近两年才明白的道理。

FLORTE和庭院的白日梦

　　我平时不大喝茶，红茶和绿茶倒是会拿来泡，不过红茶用来做冰柠檬红茶，绿茶和茉莉花茶则是用来煮奶茶。将茶就以茶的原本面貌泡了喝下去的，便似乎只有水果茶了。

　　水果茶经常有个糟糕的缺点，便是闻着的确是香香的水果味，但喝起来却和普通的茶没有什么两样。我在尝试了不少回，也失望了不少回之后，选中的心头好茶是德国FLORTE的水果茶。

　　FLORTE这个品牌只做三样东西：花茶、果茶、蜂蜜。且似乎只在香港才有专柜，所有东西都是纯天然，不含咖啡因和人造色素。花果茶共有二十六种口味，人气较高的据说是保加利亚玫瑰与杂梅，我个人因为喜欢甜饮料，在这些口味中最喜欢的是杏桃果茶。不过，与其说是最喜欢，不如说像是香茅果茶这种，根本不会买来尝试才对。

　　这款果茶是盒装的，打开包装便是浓郁清甜的杏桃味，两种水果的味道都被表现得很好，同时有着水蜜桃的甜香与杏子特有的酸味，只需用茶勺取一勺，就可以泡一小杯。里面除了水蜜桃和杏子的果粒之外，还有红色的洛神花瓣，将热水倒进去，可以看到洛神花的粉红色缓慢扩散的整个过程。果茶的味道偏酸，我会喜欢加入一些蜂蜜去中和，加入了蜂蜜之后的口感变得十分柔和，颇似走在开满了花的庭院之中，前面有位英俊的当地男士为你领路——或者可以想象一下提莫西·查拉梅在《请以你的名字呼唤我》的电影中的样子。提莫西·查拉梅在灼眼的阳光下回头温柔地对你笑着，对你说"这里树上的水果都可以随意吃"，于是你摘了一颗水蜜桃拿在手中，跟随他一路走到一处凉亭下，他要你坐下休息，并用一盘切好的果盘换走了你手中拿着的水蜜桃，这么过了约莫二十分钟时间，他换了另一套衣服出现在你面前，手中端着一个托盘，托盘上放有一杯杏桃果茶。

　　"这是您的果茶。"长得和提莫西·查拉梅一模一样的男士微笑着说，"因为这颗水蜜桃之前一直在您的手中，我要感谢您，您让它现在变得更甜了。"

在享受水果茶的时候，虽然不至于特意跑去有提莫西·查拉梅的庭院（没有这样的地方），我也要挑选出一个不被其他事情困扰的悠闲时间，专心致志地坐在桌前，给人生暂且按下暂停键，从烧水开始，安静地享受一杯果茶。这样的时间是绝对不可以被什么所打扰的。

另外，想过几番关于结婚伴手礼的事——我个人觉得，亲朋好友特意抽时间参加我的婚礼，我也自然应该拿出相应的态度，让他们对我的婚礼有一个好的印象。那么，如何制造好印象呢？

最理想的情况是这样的：上午十点，有豪华加长林肯停在朋友的家门口，一位彬彬有礼的司机请他们上车赴婚礼现场——State Theatre。

十点五十分，我乘坐热气球降落在广场上。

十一点，在剧院内落座，场内提前布置了几千朵玫瑰，每个人的面前都有高级鱼子酱和苏打饼干作为餐前小点，鱼子酱的调羹由高级贝壳制作而成。

十一点十五分，JAY-Z登场献唱。

十一点三十分，婚礼正式开始，主持人宣布，每个人不但无需出婚礼礼金，为了表示新人的感谢，还可得到10万元人民币……

这样的话，定会给人留下深刻得不得了的印象，没有人可以反驳。

但是这种事当然不会有，我见过的婚礼，大多都忙忙碌碌紧紧张张。我的一个朋友，在敬酒的环节干脆脱掉了高跟鞋，而她的丈夫更是提着一口气在敬酒，朋友劝他休息，他痛苦地摇头："不行，坐下了就站不起来了……赶快赶快，还有三桌。"

自己怎么狼狈辛苦倒是无所谓，但假如我作为婚礼的主人公，无论如何都不想让朋友觉得这个婚礼无聊透顶。这样一来，除了婚礼环节要自己设计之外，酒席上的菜色也要亲自挑选，伴手礼也不可能随意抓两把糖果就作罢，那么，FLORTE说不定是个不错的选择。简洁高雅的包装，打开包装后即知绝不廉价的内核，因为有二十六种口味，还可根据朋友的不同性格亲自挑选不同的口味……怎么都觉得是个很不错的想法。

虽然日程中暂时还并没有结婚这个计划来着，不负责任的想象总是非常轻松愉快，不觉得吗？

欢迎大家一边品尝FLORTE一边想象有JAY-Z的婚礼，或者有提莫西·查拉梅的庭院——另外，大家觉不觉得，水果茶里面的果粒就和奥利奥冰淇淋里的饼干碎块一样，总是超乎寻常的好吃？

文本和电影

　　我也为其他杂志撰写书评，不过，写书评的时候，使用的语言总归是要更加字斟句酌一些的。尽管编辑对我说过"就按照你的想法来"，但就我的个人经验，完全按照我的个人想法来的东西总会出现乱七八糟的意外，所以我为了减少返工，还是尽可能地采取中庸的写作方法。这么一来，便也不大有机会向人传达我个人的阅读偏好。

　　简单地说，我喜欢游戏性质很强的作品。这里的游戏并非是指电子游戏，指的是通过文字来玩弄的叙事上的把戏。而对现实主义的大多数作品横竖喜欢不来，不是说现实主义的作品不好，但喜欢不来就是喜欢不来，脑电波里某一条似乎没有搭上，导致看某一年的某本评价极高的畅销书时无论如何都觉得是本"明白想写什么但是非常无聊"的书，怎么都勉强不了（也没必要勉强）。

《南方高速》是阿根廷作家胡里奥·科塔萨尔的短篇小说合集，科塔萨尔与马尔克斯、略萨、富恩斯特三人并称为拉丁美洲文学爆炸的代表人物，相对于国外前沿的叙事学者已经把他的小说翻来覆去研究了几番的情况，科塔萨尔在中国的认知度还是低了一些。说不定也是觉得国内读者若不小心错过他实在可惜，《南方高速》选择了一句十分骇人的腰封，让诺奖得主，曾写下《二十首情诗和一支绝望的歌》的智利诗人聂鲁达为他背书，聂鲁达说："任何不读科塔萨尔的人命运都已注定。那是一种看不见的重病，随着时间的流逝会产生可怕的后果。在某种程度上就好像从没尝过桃子的滋味，人会在无声中变得阴郁，愈渐苍白，而且还非常可能一点点掉光所有的头发。"

聂鲁达在当年大概想象不到，掉光头发这回事在当代已经成为了年轻人的噩梦。

好吧，我想，为了不掉光头发……

坦白说，在当下这个文学作品几乎完全是为了影视化在服务的时代，我个人对适合改编成影视作品的文本总有那么一些偏见。我觉得，文字就是文字，镜头就是镜头，二者各有独特的艺术表现方式，若强行让文字去适应镜头，只会把文字的魅力抹杀得一干二净。不过，《南方高速》的开篇《魔鬼涎》（后被意大利导演安东尼奥尼改编成了电影《放大》）却稍稍颠覆了我的认知。

这个故事是这样的：一位摄影爱好者沿着塞纳河闲逛，偶然拍下一张照片。回到家中，他不断将照片放大，随着那一定格的时刻的细节的增加，他陷入了无休无止的想象。通过一张照片，他看到了一个胆怯的少年和比他年长的恋人，以及他们身上可能发生的（实际也许真的发生，也许没有发生也不可能发生的）故事，故事又随着细节的增加而被不断推翻重组。

或者我们可以想象一个摄像机镜头，代表这个故事是镜头对现实的模仿，但又可以脱离于现实之外独立存在。也如桑塔格在接受《波士顿书评》的访谈时所提到的："摄影是一种分配和改变现实的方式，一张照片可能会和另一个物件一起被再次产生，它可以改变人对大小的感知，也会把人的时间感弄乱。甚至可以发明一个全新的自我。"

但也许有那么一些作品，便天然具备打破艺术形式与艺术形式之间的屏障的能力。科塔萨尔的小说远不止于平面的线性叙事，它永远是立体的，　由过去、未来、表象、内心、看不见的自我，以及棱镜里的、水底的、云朵上的数个折叠的世界组成。这似乎确实和摄像机镜头的运用非常相似。

这么一来，假如安东尼奥尼这样的导演来向我询问是否有意愿写一个以影视化为目的的小说的话，我一定不会第一时间想去谈稿费问题……真的真的。

大人的梦想

喜欢抹茶喜欢得不得了。

童年时有一个梦想，是要一个有巧克力屋、橙汁河流、棉花糖云朵的王国。但是现在，我已经成为成熟的大人，不会再天真地存在什么"想要一个甜腻腻的棉花糖蹦床"的幼稚想法了。我的梦想已经发生了变化，我想要一个略带苦涩的抹茶王国。

房子是黑巧克力棒搭成的，河流是抹茶拿铁，云朵是可以盖在抹茶拿铁上的芝士奶盖，房子里的沙发一定是舒服又结实的抹茶千层蛋糕。

如何，是个大人才有的梦想吧？

第一次吃抹茶味的东西，应该是在Dairy Queen吃到的抹茶杏仁冰淇淋，当时确觉得惊为天人——世上还有这么好吃的冰淇淋！不过现在再回头去吃Dairy Queen，就觉得实在太甜了些，哈根达斯也是一样味道过甜，据说Cold Stone的抹茶口味不那么甜，但曾经吃过一次巧克力味的，被甜得狂灌了三杯柠檬水后便再未踏入过Cold Stone，现在据说已经大范围关店了，遗憾遗憾。

成人后吃到的最美味的抹茶，是在京都的中村藤吉，味道浓厚的生茶冻配合甜度恰到好处的抹茶冰淇淋，令人强烈地生出"这个地方便是人间天堂"之感。

是的，虽然以自己的想法来判断事物好坏是一件非常傲慢的事，但我仍旧坚定地觉得，好的抹茶甜品，是必定要能尝出苦味的。如果没有苦味，那么充其量就是带了些茶味的奶油冰淇淋，算得上什么抹茶！

后来去了东京，在便利店、烤肉店之类的地方都点过抹茶冰淇淋来吃，质量均在水准之上。抹茶千层蛋糕则是在回到国内后才吃到的，在一家名为"甘兔庵"的以抹茶为中心的甜品店。

千层蛋糕虽然说是蛋糕，其实是一层一层的班戟皮叠加奶油做成的，相较传统的松软蛋糕来说质感要扎实不少。我从小就喜欢奶油，什么奶油都喜欢，小的时候还没有鲜奶油蛋糕之前，蛋糕表面是一层在冬天会被牢牢冻硬的奶油，连那种奶油我也喜欢得不行。住大学宿舍的时候，室友们不吃的奶油都是由我接手解决。如果仔细计算一下，恐怕这些年吃下肚的奶油真的能够搭起一座奶油屋。

甘兔庵的抹茶千层蛋糕中夹着大量的抹茶味奶油，无论从颜色还是口感上都能明白使用了足量的抹茶粉，让同样是抹茶口味的班戟皮的存在感略显稀薄，我倒也不是非常喜欢班戟皮，所以正对了我的心意。用叉子戳下去，把一大口蛋糕塞进嘴里——活着就能遇到各种各样的好事啊，我再次这么觉得。

曾经被人问过"为什么这么吃甜食也不发胖"的问题，我觉得我虽然不算是容易发胖的体质，但也不至于到胡吃海塞也不发胖的程度。就算是吃抹茶千层蛋糕，也不会是一天一整个蛋糕的吃法。大概两个星期吃上一块吧，不过抹茶冰淇淋最近倒是天天吃来着，八喜的大号桶装冰淇淋，放在冰箱冷冻柜里，一次吃一小盘。味道当然比起在东京的烤肉店吃过的差得远，但考虑到性价比的关系，还是一个比较不错的选择。

另外，也有刻意想要给甜食留下空间的想法，我平时的主食吃得比较少，时常早晨点一顿肯德基的早餐（猪柳蛋帕尼尼+豆浆）吃到中午，晚上吃一份沙拉或者炒青菜便结束了一天的食物摄入。按理说这种吃法可能不太健康，不过因为从小就是这样，可能我的身体已经对此完全接纳，按照寻常人的正常饮食方式吃饭倒是容易让身体不适，这么着，也就按照自己的步调生活了下来。

如果整天都吃抹茶千层蛋糕吃个没完的话，体重大概也会突破极限吧……不仅如此，抹茶千层蛋糕大概也会因此被视为生命中不必多做珍惜的寻常东西而一点一点失去原本的吸引力，变成无趣的，乃至令人厌恶的东西当中的一件。所以说，为了保持对事物的新鲜与惊喜，人需要时刻控制自我的欲望。

那么，这样的话，一开始说的大人的梦想还算不算数呢？

不同的耳朵形状

　　我自己是苹果产品的重度使用者，所以，差不多是在Airpods推出的第一时间，就把它买回了家。

　　苹果产品呢，其实单用其中一种，也不觉得就比其他设备好用到哪里去，但先买了手机，又买了iPad，继而买了MacBook，又买了iMac之后，发现所有产品自然而然地成了一个苹果生态系统后，便深深地体悟到它的便利所在。于是，将AirPods也纳入生态的一环，是自然不过的事。

　　因我基本也不是用它来欣赏音乐，在音质这方面没有什么特别能够说的。它首先令我满意的一点是颇具未来感的设计，之前也说过，我不算是念旧的人，即使性格当中多少也存在被过去的香味和风景所吸引的地方，但就整体审美而言，我的内心绝对是无条件倾向于现代风格的。

过去，iPad刚刚推出的时候，将iPad拿在手中划来划去，一度觉得自己像是科幻电影中的人物。

后来iPad变成了日常物品，这种感受自然而然地就消失了，并且再未失而复得过。

所以，为了让我对生活的兴奋和热情永远存在，还请世界上伟大的发明家不断地发明新的东西……

说回AirPods，我基本是在iMac电脑上使用它，蓝牙便大多数时候都和它相连（当然，之前也设定了iPad和iPhone的蓝牙，切换设备的时候，只需在手中在用的设备上点击一下连接AirPods便可以了）。耳机平时是装在自带的收纳盒兼充电盒内的，平时的蓝牙是关闭状态，只要打开盒盖取出耳机，蓝牙便以极快的反应速度自动连接，只需把耳机放入耳内，正在设备上播放的音乐便会因为检验到耳机的存在而自动切换到耳机播放，其中不必做任何操作。同时，如果摘下耳机的话，音乐或者视频也会自动停止播放，而无需再去点击暂停按键。

除此之外，它戴起来既全无任何不适之感，并且非常牢固，至少戴着在房间里走来走去毫无问题，听朋友说连在跑步机上跑步也不会掉落，但我平时不会用跑步机，无法验证它是否在运动时也不会掉落……

　　说到这里，我想起来一件关于AirPods的事，在我刚买不久的时候，一位不那么熟悉的朋友的朋友在微信上问我她戴着AirPods睡午觉的话会不会掉，这个问题其实颇难回答，第一，我没有戴着AirPods睡午觉的习惯，第二，就算我戴着AirPods睡午觉，耳机没有掉，也并不代表她不会弄掉。于是，我便回复说：没戴着睡过午觉，不太容易掉但还是要小心点。

　　结果过了几天，向我搭话的这位朋友也买了一个AirPods，用了不到一个月时间，便丢在了东京的地铁上。

　　因为我不看微信的朋友圈（也不发），这回事是过了几天，她自己来告诉我的时候我才知道。她语气不大好地说AirPods被她弄丢在了地铁上，她觉得戴起来一点儿都不牢固。

　　自然，对此我只能表示遗憾，可能是我个人有点多心了，总觉得她的语气中有种在埋怨我的感觉，类似于"如果不是你说它不容易掉的话那我才不会买呢"的隐含话语在，说不定还有"我信得过你才和你说话，你居然骗我买这样的东西"的意味。我的确说过它不大容易掉这句话来着，不过……

听说AirPods在研发阶段测试过数千人（还是更多？）的耳朵形状，以制作出一个适合大多数人，让大多数人都能愉快而稳固地使用的耳机形状。但是，虽然是经过这样的测试，也还是会有耳朵的形状无论如何都不在大众范围之内的人存在，这是没有办法的事。如果我能够提前预知他人的身体形状和个人喜好的话，当然也非常愿意根据他们的需求为他们推荐适合他们的东西，但我到底不存在这样的超能力，所以还请各位在购买东西之前，不要来问我的意见才好，衷心地拜托了。

语言的作用

　　偶尔会买《*The New Yorker*》杂志来读。

　　我的英语水平不大好，日语的文库本基本可以做到没有巨大障碍地阅读，但英文刊物读起来就没有那么轻松了。都怪学生时代没有好好地在课堂上学英语啊……时不时这么想。

　　曾经加入过一个漫画的汉化组，在QQ群中聊天的时候，不知怎么说起来重新学习英语的问题，其中有人说应该从阅读原版书开始，于是大家讨论起了原版书，结果公认《哈利·波特》是最适合入门的一本原版读物。

　　我自己手中虽然也有《哈利·波特》的全套英文小说，但诚实地说，这套书我只看到了第一本的约莫三分之一的地方，便疲怠地再看不下去了。

263

大概是因为个人的职业病，一旦看起小说，脑中便不自觉地开始思考有什么东西可以参考和学习，而难以完全投入小说本身，再加上看原版小说必须要时刻留意不认识的单词和不熟悉的语法，在如此双重的压力之下，加上《哈利·波特》那个一眼望不到尽头的厚度……

还是放过自己吧。

不过，《*The New Yorker*》因为是一本杂志，内容囊括政治、国际事务、大众文化、科技、文学等等方面，并且文章最长也不过十几页，是那种稍微努力一下便可完成的程度。而且，如此坚持下去的话，看完这十几页文章的时间势必会不断缩短，另一种语言的思维习惯、逻辑、词汇也会随着这个过程真正成为我自己的东西，这是一种想起来就觉得很兴奋的感受。我是那种不大受得了学校的教学方式的人，所以，比起坐在桌前老老实实地背诵《新概念英语》，还是看着自己喜欢的电影和杂志，以一种自己的步调来学习的方式比较适合我。

虽然说通过翻译也可以了解其他国家，其他文化的人想要表达的内容，但是我觉得，通过翻译所理解的意思，和完完整整地通过原本的语言获得信息的感觉，是截然不同的。

另外，《*The New Yorker*》每期都会发表一个短篇小说，能在这本杂志上发表小说，可谓是英语文学界最高的荣誉之一，甚至可使作者一炮而红。是个听起来就令人颇为羡慕并为之振奋的平台。

学习语言的过程，也是一个将自己世界的边境拓宽的过程。在读懂了另一种语言的同时，也必定会知道说着这种语言的人们的独特的文化，他们在使用着什么社交软件，有着什么样的交流习惯，对当下世界上正在发生着的事持什么态度，在阅读着什么样的文学作品。

所以个人觉得，其他人或是遵循让自己愉快的本能生活便好，但若是志在从事创作性工作的人，必须将无限的阅读和学习作为自己人生的重要部分来对待，只有眼界足够宽阔，才不至于被自己头脑里面那些可能足够真诚但浅薄而庸俗的东西所限制。说到底，创意性的工作，是应当给大众树立一个"好"的标准才对，我这么认为。

54

泡芙的催眠术

　　不好意思啊，关于抹茶千层蛋糕当中提到的成人的梦想，里面不是说想要芝士奶盖做的云朵来着吗？我又重新思考了一下，如果可以选择的话，我更想要泡芙做的云朵呢。

　　泡芙是除了冰淇淋之外为数不多的，可以很方便自然地用手拿着边走边吃的甜品。蛋糕——无论是何类的蛋糕，走在路上吃都颇为奇怪，吸吸果冻倒是可以，不过我习惯于把它归入饮料一类，就暂且不算了。巧克力——举着一块巧克力在街上吃也不大对头，似乎会给人"这个人就不能回家再吃吗"的感觉。

　　面包？看起来很饿的样子，

　　马蹄酥？容易掉一路渣子。

　　可丽饼？倒是可以……但我不喜欢可丽饼，可能是没有吃到质量太好的可丽饼的缘故。

　　于是想来想去，还是只剩下泡芙。

　　泡芙的重点其实就是奶油，奶油灌得越满，泡芙的质量就越高。还在读中学的时候，喜欢在路边便宜的蛋糕店买十元一大袋的泡芙，捧在手里边走边吃。后来购物中心开得多了，各地的甜品店也接连进驻，各式各样的泡芙跟着多起来，价格也从十元一袋攀升到十元一个（当然大小不一样）。不过十元一个的泡芙也可以接受，比起星巴克动辄几十元一杯的咖啡而言，泡芙无论是味道还是价格都划算得多。于是有段时间，和朋友约会的时候，往往是她们去星巴克买咖啡，而我自己买一个泡芙拿在手里。

　　在杂志上写言情小说，因为不管怎么说也是写着自己的笔名，还是想要尽可能地按照自己的心意去写。之前一次做整理的时候突然发现，凡是合我心意的小说主角们，最终终成眷属的男女主角，总有一个人非常适合吃泡芙。

　　适合吃泡芙的意思是什么呢？是种个人形象和个人印象的结合。比如，村上春树的男主角非常适合啤酒和意大利面，劳伦斯·布洛克笔下的侦探适合咖啡，哆啦A梦适合铜锣烧，蜡笔小新适合巧克力饼……大体是这么一回事。

我的主角们，必然要有一个适合泡芙，两个人才可以顺利走到一起。

　　过去也是写过两个人没完没了地喝着咖啡的故事，但故事也好关系也好，都被泡在朦朦胧胧的苦涩之中，没能向前推进一步。这是人的性格的问题，适合咖啡的人——尤其是黑咖啡，往往不大擅长解决感情上的问题，容易觉得"罢了罢了就是这么一回事吧"，但适合泡芙的人，往往会跳起来竭尽全部的努力来挽救关系，不过同时也容易冒犯到他人。

　　但是我觉得，人和人之间关系的推进，可能会需要一些冒犯。

　　我自己算不上是泡芙型的人格，心中经常出现的想法可能是"这样的话也没有办法，人和人本来就不一样嘛"。不过，当我走在街上，手里拿着泡芙慢慢咬的时候，总觉得自己的内在有什么东西变得有些微的不一样，心情上更加轻松了，更加能够对他人表达自己的愿望和想法了，似乎有种"这么可爱的泡芙都是属于我的，其他还有什么可怕"的莫名的乐观无畏之感，这么说出来有些难以传达，但是，如果把泡芙就当作一个游戏道具来看待的话，说不定要容易理解一些：人拿起泡芙就变得开心，放下泡芙变得失落……越来越抽象了也说不定啊。

　　总之，我的意思是，人的性格除了天生注定的部分，也还是可以通过外界的努力来塑造的。除了衣服、首饰、发型之外，食物也同样做得到。若想要改变什么的话，不妨可以去买个泡芙拿在手中，想象自己是像泡芙一样可爱的人，是为了让世界感到幸福而被制造出来的存在……就当作是一种催眠术啦。

55

橘子汽水的清甜和夏天的回忆

在口红上，我应该算是一个比较节制的人。

我常用的口红只有四支，YSL408号唇釉、CHANEL ROUGE COCO的416号、TOM FORD白管07色号，以及 MAC Flat out Fabulo。YSL408是一个略带粉调的奶油橘色，也有人叫作是嫩南瓜色，带一点不明显的荧光，是个非常夏天非常元气的颜色。COCO416也是一支橘色唇膏，是个带有红色调的橘（也可以说是带有橘色调的红），较YSL那支唇釉来说要秋天不少。当时间从八月过渡到九月初，晚上的风开始凉下来的时候，就是换这只口红的季节了。

TOM FORD白管07是一只非常饱满的粉红色，我觉得不妨可以称它为桃花粉。我自己有不少块粉红色的腮红，和这支唇膏配合起来可称天衣无缝。格外喜欢衣服穿得中性，却画粉色系的妆容的感觉，有种非常跳脱的反差感。如果画粉红色的妆，衣服也穿得温柔淑女的话，就过于理所应当，而失去了特别的惊喜，我喜欢令人觉得"有什么不太一样"的东西。

MAC的Flat out Fabulo是一支玫红中带有紫调的颜色，官方介绍是明亮的哑光玫红色，但涂上后我觉得是紫色调更多一些。这支口红是为了配合CLINIQUE的紫色小雏菊腮红而买的，让腮红和口红的颜色保持一致，是我的个人坚持。

过去和男友做过一个测试游戏，看他能否通过不同的口红颜色来判断妆容的风格。

男人眼中的口红颜色只有红色和粉色——他能否颠覆这个充满了偏见和性别歧视的观念呢？

答案是不能。

他虽然不至于到分不出橘色和紫色口红的区别的程度，但是，我心中对不同妆容的定位——譬如TOM FORD的07是充满了恋爱的幸福色彩和童话感的粉红色妆容；MAC的Flat out Fabulo是十分适合万圣节的小恶魔系妆容；YSL408是洋溢着橘子汽水的清甜和夏天的回忆的学生气妆容……诸如此类的划分，他则是摇了摇头，表示完全听不明白。

"非要说的话，"他说，"就是这个淡一点，这个浓一点。这个清纯可爱一点，那个成熟诱惑一点……"

"这位先生，请收起你摄影工作室风格的台词……"我忍无可忍。

这回事其实我倒也不是第一次意识到，早在我不大能够欣赏古典乐，而男友觉得美术非常难懂的时候，就已经有了"我们喜欢的、欣赏的、为之陶醉的东西在很多时候都只是自娱自乐"这个认知。

我不大能看得下去电视剧，除去几部非常经典且（我认为）没有替代品的剧集之外，其他的都觉得欣赏起来非常困难，朋友说的好处，我基本上可以说领悟不到。读书也是，我看不下去散文，书评中提到的"打动人心的地方"，我也全然感受不到到底是有什么地方打动着哪里的心。

这么一来，我的确能够理解男友无法读懂"洋溢着橘子汽水的清甜和夏天的回忆"的口红的心情。

橘子色就是橘子色，哪里来的这么抽象的形容？

所以说到底，人生在世，到底都是在以自己的审美和乐趣，娱乐和满足着自己。若能遇到同路之人，便多了一个分享内心的对象，若遇不到，便继续玩一个人的游戏，同样也有一个人的乐趣。

不过万万记住一点，不要以自己的审美，去强迫他人同意自己。无论如何都不懂得口红之美的男朋友，就从此之后都不要和他谈论口红便是了。

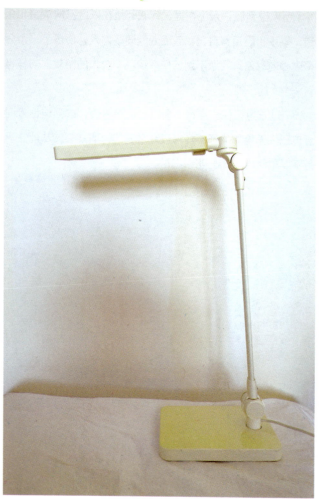

56

即使增加了集中力

　　我比较喜欢自由地调节自己周围的光线，所以不大喜欢把房间的主光源弄得很亮。

　　我的卧室——也兼工作室头顶的光源只有一个Ikea的节能灯泡，灯光是暖黄色的，可能只比酒店的灯光亮上那么一点。如果晚上想要看书的话，就非要打开台灯不可了。

　　台灯是从无印良品买的（买了如此之多的无印良品），现已在我的书桌上摆了六年时间，原本是非常干净的纯白色，现在白色树脂已经开始有些发黄。但除了这点之外，灯泡的状况还非常健康。

　　灯光一共有三个档位，第一档非常亮，第二档适中，第三档是非常温柔的白光，打个比方的话，就像是一人坐在深深的洞底，抬头看到自洞顶射入的混着尘埃微粒的日光。

这个亮度，我一般是在不开顶灯，只开着电脑工作的时候作为第二光源使用，以免电脑屏幕的光太伤眼。开着顶灯，人坐在台灯下看书的时候，我会选择第二档的亮度。是刚好可以不费力地看文字，又不至于非常刺眼的光亮。

上学的时候，台灯算是一种仪式感。坐到书桌前，把书包里的教科书搬到写字台上，然后打开台灯，一种"好了，我要开始学习啦"的心理暗示就生出来，不过，又总被解不出的数学题打击到泥土的深处。罢了罢了——于是就开着台灯，在课本上涂涂画画起来。不过，虽然是涂涂画画，我觉得台灯还是颇有助于集中精神的，因为光源就只有眼前那一小束，似乎很容易让人将注意力集中在手边的事务上。

如果说帮助集中精神这条作用，除了台灯，阅读灯也是一样。

我家的沙发旁放着一个阅读灯，是从Ikea扛回来的。本来的想象是可以不开客厅的顶灯，就在这阅读灯下一晚上读上它七百页书——但问题并非出在集中力之上，而是头顶的阅读灯活脱脱是一个迷你型的浴霸，令人恍然觉得自己正坐在理发店的椅子上，马上就会有理发师来检查头发上色的情况。

还是选择台灯吧。

我在台灯下都完成过什么能够以数量衡量的事呢？

读完了几本《*The New Yorker*》。

考下了日语N1，做完了一本不怎么薄的习题集。

画完了一本一百页的速写本。

写满了一本摘抄。

做了四本单词卡。

学会了五线谱（之前不会）。

大概就是这些事吧？也并没有什么大不了的事。我的人生好像一直都没有什么大不了的事。

可能也和这种"没有什么大不了的事发生"的状态有关，当然从大学毕业之后，作为人的心智上是有所成长没错，但因为生活环境大体上没怎么变，人也在家中工作，时而觉得现在的自己就和学生时正在家中过周末的自己没有什么区别，尤其是对着实体教材抄单词的时候，总是有种回到学生时代，第二天就要迎来考试的感觉。

离开了学生时代，开始怀念准备考试的心情，但如果被通知现在确实要重新准备考试，那么心情又会变得糟糕和烦躁起来，和当年准备考试的心情可能别无二致。怎么样都不满意，只有想象不存在的现实才更加接近幸福——这就是人啊。

假花和假话

我不太养得活植物。

小时候家中养过文竹和芦荟，但不出多久就死了。后来多肉植物流行的时候，也养过几盆多肉，结果又被养死了。为了不致使更多的植物在和我相处的过程中失去生命，我发誓再也不养植物，而选择不存在生命的植物——简单来说就是仿真花来装饰房间。

Harbor House的店内摆着各种各样的仿真花，从白玉兰、鹿茸叶到圣诞玫瑰应有尽有，花瓣和叶子采用绢布制作，茎猜测大概用的是塑胶材质。因为花瓣和叶片的色彩处理得都很好，并非是纯度和明度都极高的那种，所以显得仿真度颇高，买回家后摆在餐桌上，也确有不少来做客的朋友大声夸赞："和真的一模一样嘛！"

当然，我自己也是觉得它和真花的相似度很高，所以才会把它买回家并摆在客厅中心的，但是，我当然也不会觉得它当真就和真花一模一样。

于是，朋友说的这些话，我自然而然地当作了普通的社交用语。

我内心的社交用语还有以下几类：对方买了新的衣服，要说好看与适合，并挑出几个细节来夸奖；对方写了新的文章，如果并非是要我提出什么改进性意见的场合，我就会只挑优点来说；对方买了新的书/CD/音响设备，挑选褒奖性语言和适当的提问让他们打开话题。

大概如此。

所以，像是"和真的一模一样"这样的话，我诚然感谢朋友的善意和体贴，但并不会当真，也不会在这里说什么"我的朋友说这花和真的一模一样，所以大家都来买这个花吧"之类的话，我自行默认这是成人世界的一种社交语言。不过，似乎并非所有人都有相同的想法来着，这是我后来慢慢发觉的。

在日本读书的时候，研究室里有位长我一年的学姐，在得知我基本以文字为业之后，把她写的小说发给我看，想要我给出看法和意见。而我对自己对文字的标准没多大信心，也不好给人乱提意见，便只说了她的小说的优点，比如简洁啊真诚啊之类的话。但结果，这位学姐直接将这篇小说贴到了某个文学网站上，并大大地写出了我的笔名，表示我对这篇小说给予了称赞和肯定。虽然我的笔名也不是什么多有知名度的名字，但她这么做还是令我觉得尴尬无比，从此再不敢随意夸赞他人的文章。

当然，可能说谎和敷衍终归是不好的，我也从中学到了教训。

还是说仿真花吧。

对我来说，仿真花的好处还有一点。就在于它是完全的死物，不需要特别的呵护。如果是真的鲜花的话，就总觉得房间里养着一个娇生惯养的女孩子，整天撒娇要喝水，要晒太阳，要在温暖的地方……如果做不到的话，她就马上沉默地生起闷气来。遇到脾气更加不好的花，甚至就会马上自杀了事。

"都是你的错。"花的尸体仿佛这么对我说。

我讨厌生闷气的人，因为在我个人的世界观里，遇到问题的第一要务是解决问题，只是闷声不语的话，什么都改变不了。如果要喝水的话，就敲敲花盆说自己要喝水，这样不好吗？

我自己虽然也是女性，但对这种怀抱着"我虽然什么都没有说，但你一定要懂"的心理的女孩子，坦白说是能避则避的。我对猜测他人的心思没有兴趣，对动不动以伤害自己来威胁他人的人也没有兴趣。

虽然我也明白，在两个人的关系之中，"不言而喻"是一种非常美好的状态，不过这种状态的形成，若非是天生的默契，那么必定要经过长时间的磨合。若在感情的最初阶段想要一蹴而就，换来的可能只有失望。

不过，花毕竟不是人，花就是这样的一种性格，当然不会因我的喜好而改变，它以这样的自己，找寻愿意包容它的柔弱和坏脾气的人。看本地花市的繁盛，想必这样的人数量庞大，我觉得这是花的幸运。

而仿真花呢，则接近于这样一种感觉。"谢谢你让我发挥价值。"它这么说，"反正，我就是在这里啦。你喜欢把我放到哪里，就把我放到哪里好了。"

我喜欢这样的态度。归根结底，人都是根据自己的心情，来决定让什么东西留在自己身边的。

手账的真相

我其实没有主动写手账的习惯。

主要是觉得，自己每日的生活谈不上有什么值得写的，硬要写的话，大体也就是这样：

起床，吃早餐。

写稿。

接到新的约稿。

吃午餐。

写稿。

休息，游戏。

写稿。

睡觉。

当然了，这些事当中自也是会有有趣的细节发生，不过，因为捕捉下来的细节总会想要拿来写小说的缘故，就也不大会打算特意往手账上写。

不过，不知为何，新认识的朋友们总会莫名地产生一个错误的共识，即认为我是那种会每天写手账，而且在上面贴满纸胶带的人。

"手账是完全不写的。"我说，"纸胶带有倒是有……但买来就丢到一边去了，不过最近总是拿来封要快递的文件……"

后来有一位朋友——就是那位和我每年都写明信片的朋友，在2016年送了我一本HOBO的周手账，说想要看我写的手账，希望我把内容填满再寄还给她。

HOBO可以说是日本手账的第一品牌，连我这种不用手账的人都久闻大名。亲手摸到后，觉得质感的确不同凡响。内页的纸张薄且韧，无论是圆珠笔、钢笔、中性笔还是蜡笔都可以使用，颜色完全不会洇到纸背。朋友说，HOBO使用的纸是巴川纸，是目前的国内外手账中质地较为轻薄的纸张，轻薄这个优点，可能在周手账中表现得不大明显，但若是放在一年的365页手账中，便成为了非常重要的一个设计环节。因为手账这个东西，写的时候如果再加上贴纸的话，肯定会日益沉重起来（一年的欢乐和痛苦的重量），这么一来，作为载体的纸张，自然是越薄越好的。

设计实在是一个要具备相当的前瞻性视野的职业呢。

虽然收下了她的手账，也答应了要给她写满后寄回，但一开始的时候，的确完全不知道该写什么是好。现在翻开前几页，发现连同当时杂志的约稿要求都被我写在了上面（但在这里再次夸赞iroshizuku的墨水，已经两年多时间过去，颜色基本没有明显变化），过了几天后，她问我有没有写手账，我如实把情况告诉了她，她先是发了一整页大笑的表情包，然后对我说：不要紧啊，你写什么都可以，就是为了督促你写日常才会给你这本手账嘛。

那么，她既然已经这么说了，我便身体力行地实践着她的要求，将任何琐事都事无巨细地写上去，诸如冰丝玩偶熊的尾巴是个可爱的圆球，屁股又软又大，晚上睡觉的时候抱着它的屁股比抱着头的手感好上不少……这样的事。

不过当然，因为这样的事也不是一直都有，所以写了两年多，也才算终于写完了三分之二本。

写的时候，我的确是一边觉得"这都是些什么玩意儿"一边落笔来着，不过，当时间已经完全过去，过去的心情也不复存在的时候，重新翻看两年前的自己写下的字，又觉得十分有意思。

2016年5月10日：美队3首刷（一开始把"刷"写成了"剧"）

2016年5月30日：看完了人生七年

在没有日期的空白页上贴了一只兔子贴纸，是之前在一家明信片店买的，记得一包总共四只兔子，表情和动作各不一致，三只寄了出去，一只贴在了手账本上，旁边写了一句话：还是应该给自己留一只啊。

不过，我当时似乎完全忘了这个手账是要寄还给朋友来着……

我觉得，也许是我在一开始搞错了手账的定义，它从来就不是用来"觉得把有意义的东西"记录下来的，日常的生活中并没有那么多所谓的有意义的东西，它的意义在于让那些平时被无视的细枝末节发出光来，也让无趣的生活变得重要起来。也许，在当下因为种种原因被忽略掉的心情，站在未来的时间点向回看，其实是难能可贵的幸福。

这本手账还有大约三分之一的空白，大概今年可以将它写完，和明信片一起寄出。然后等到明年，大概会自己买一本送给自己的新的手账吧。当然了，也可以买上两本，或者做一个手账交换之类的事……到时候再说啦。

不以谁的愿望运转的世界

喝酒的杯子，是石塚硝子的初雪玻璃杯。

日本人做的手工艺活一直都非常值得信赖，在朋友家见过萨摩切子，当即被它摄人心魄的美所深深吸引，同时它动辄四位数人民币的价格也是令人望而却步。

总而言之——萨摩切子还需努力，先买一个用来喝梅子酒的初雪杯吧。

这只名为"初雪"的玻璃杯的设计灵感是来自于日本冬天的第一场雪，日本人素来重视季节的变化，樱花的绽放代表春天，第一场雪的降落则代表冬天的到来，还传说在初雪时陪你一同度过的人便是命中注定。

我自己也见过东京的初雪，上午的天色是阴阴的灰色，有雪花不断细密地掉落下来，待到中午，天气完全转晴，天空蓝得耀眼，令人完全忽略了几个小时前的阴天。我穿上外套走到外面去，就见到屋檐上、自行车座上、便利店前的垃圾桶上薄薄一层的积雪，融化的雪变成透明的水，从头顶的屋檐上落下来。

用某种自然现象象征季节，这回事可能听起来有些抽象，但身在其中，就确有"一个季节开始了"的感觉。

玻璃杯的设计者正是模仿了积雪正在融化时的形状，它的表面机理是不平整的，正像是大片小片地落在什么地方，又因各种原因以不等的速度融化着的冰雪。玻璃非常清透，配合表面随意散漫的机理纹路分布，当真像是拿着一块被雕琢过的冰似的。

将一块圆形的冰块投进去，再倒入清澈的梅子酒，看着便令人觉得心旷神怡。

向来钦佩日本的手工匠人，也是认真觉得，能够做出这样东西的人，无论在什么领域都是非常了不起的人才。盐野米松曾经写过一本专门记录传统手工业者和他们手下的工艺品的书，他用了二十余年走遍日本，倾听和记录下了不同业种的匠人们的生活。他说，自己是怀着一颗憧憬和向往的心灵，作为观望过匠工们做活的众多孩子中的一个，也是为这些职业不复存在而深感遗憾的一代人的代表来写这本书的。

诚然，这种态度以及手工业者的坚守自然值得称颂，但是我个人觉得，"痛苦""坚守""遗憾"等词语，是没有办法解决任何问题的。价格昂贵的萨摩切子，亦是有着百年历史的传统手艺，中途一度还险些消失，但是现在，在各方面的努力之下，它们已经以高贵优雅的姿态走入了现代社会，构成了高端玻璃艺术文化的一部分，人们可以轻松地在购物中心的柜台上或者网络上买到它，我认为，这才是让物件真正拥有价值的方式。好的物件绝对不应被时间所束缚，不该成为历史的纪念品，只有成为市场的一部分，被赋予了市场的价值之后，文化才可得以长久地传承延续下去。

不管是对手工艺人，对社会整体，或者对有趣的物件有着充分的渴求的我来说，都是一件好事。

但是，世界到底不是会根据我的愿望来运转的，非常遗憾。

不过，世界如果根据某一个人的愿望来运转的话，反而会变成可怕的事，所以说不定，现在的状态才是一个最好的平衡。不然，假若某位了不起的大人物突然宣布："不需要冬天！"然后世界口中说着"遵命遵命"，同时"唰啦"一下就没有了冬天，于是这样的杯子便也不见了……想想就是非常可怕的事啊。

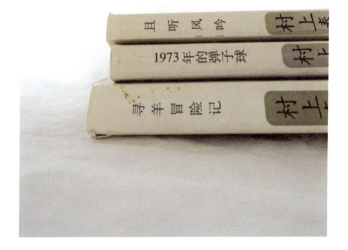

夏天的光照、风的气息、蝉的鸣叫 ━━━

坦白说，十几岁出头的时候，我是不怎么懂得读书的。

我的家庭并不是什么书香世家，父母也没有要把我培养成中产阶级家庭的模范小孩的梦想，所以，读书——读小说这回事完全是我自行入门，然后自行参悟。既然是这么一回事，那么，在刚刚开始读书的时候，我选择作家的标准便非常的简单：选择那个最流行的。

那个时候，最流行的国外作家是村上春树，于是，我读的第一本村上自然也是《挪威的森林》，坦白来说并没留下什么深刻的印象，不过后来再读，读过了《舞！舞！舞！》《且听风吟》《1973年的弹子球》，以及数本短篇小说之后，我差不多完全接受了他的思维逻辑和文字风格，不过这个时候，我同时也开始读到更多作家，三岛由纪夫、海明威、罗曼罗兰、苏珊桑塔格等，村上春树就一度被我抛到了身后。

原因也很简单，因为他太流行了。

后来重新再读到村上是在大学，我在无聊之中重又把《且听风吟》《1973年的弹子球》《寻羊冒险记》这"青春三部曲"，"我""鼠"与"羊"的故事翻回来看，不知道是否与四月的大学宿舍中正好的阳光与始终冒着生机勃勃的气泡的啤酒有关，或者因为我长到了和书中的主角相近的年纪，或者是我终于开始思考自我的存在问题，这些故事突然牢牢地抓住了我的心。

它的结尾部分，朋友"鼠"在拒绝"羊"的利诱，拒绝变成一个不再是自己的，但要远比自己更为出色的人后对"我"说："我喜欢我的懦弱，痛苦和难堪也喜欢。喜欢夏天的光照、风的气息、蝉的鸣叫，喜欢这些，喜欢得不得了。"

夏天的光照、风的气息、蝉的鸣叫……

当然了，说不定有人会说，你都读过这么多本三岛了，竟然还会觉得"夏天的光照、风的气息、蝉的鸣叫"这样的话写得好吗？

我时不时会觉得，可能包括我在内的绝大多数读者，其实都不具备分辨好与坏的能力，评判书也好，音乐也好，建筑也好，我们能说的可能只是"喜欢"或者"不喜欢"，而不是"好"和"不好"。

因为我们觉得好的，可能只是在某一时刻，某一瞬间，精准地击中我们的东西。而将没有击中我们的东西归入"不好"，恐怕任何人都没有这样的资格。

这么的，因为发生在大学宿舍内的一次心灵的冲击，之后又在种种天时地利的作用之下，他就无可救药地成为了我非常喜欢的作家。

2015年，上海译文出版社出版了村上所搜集编纂的一本收录了十二篇当代以"生日"为主题的英语短篇小说的合集《生日故事集》，村上本人也写了一篇生日主题的短篇，放在合集的最后。不过，比起他的这个故事，我对他在序言中所写的一句话印象更加深刻：哪怕过的生日再多，哪怕目睹和体验的事件再大，我也永远是我。归根结底，自己不可能成为自身以外的任何存在。

时隔几年，这句话又再度击中了我。也许是一种阅读的惯性，也许的确是我这些年来并没改变多少，也许……总而言之，对于不长情的我来说，当一个个曾经喜欢过的流行歌手、作家、偶像纷纷成为我心中关于旧时代的纪念性符号时，村上春树是一个例外。

　　这大概和迷恋偶像差不多，面对这个人到底哪里好的问题，思索片刻回答："嗯，也许其他人也一样出色甚至更出色，但没有办法，我还是喜欢这个人。"

　　当然，《刺杀骑士团长》我也觉得一样出色，不仅仅是在自我的探讨上，还有同之前有所不同的叙述手法，令我觉得熟悉的同时又感到了惊喜。但毕竟这里并非是以书评为主题的稿件，便不多谈了。

　　另外，因为这个"成为喜欢的作家"的过程多少曲折了些，令我觉得对任何事物都要心存一份余地和敬畏，切不可盖棺定论。假如各位有过去不那么喜欢的作家，不妨换一个时间再拿起来读读看，在有夏天的光照、风的气息、蝉的鸣叫的时候。

即使回到过去

　　这是1995年，家中的一位亲戚从日本带回来的相册。

　　小的时候的确拍了不少照片，起码装满了近十本相册。可能大人们看着眼前成长得飞快的小孩子有一种新鲜与惊喜之感，恨不能将所有成长的瞬间都记录下来。

　　这套相册一直是我在所有的相册中最喜欢的，小时候经常整理照片，习惯性地把拍得最好的那些放入这套相册中。相册一般摆在书架上，后来，搬了一次又一次家，扔掉了不少东西，但这套相册始终都带着。男友第一次到我家中来的时候，给他翻过一次，为了找一张用胶片相机拍摄的分身照片（一张照片内同时有两个自己），结果照片没有找到，可能是觉得拍得失败，而被我随手塞到其他的什么相册当中去了。

"可以看吗？"他在已经把相册翻了几页之后，突然小心翼翼地问我。

"可以吧……"因为我也不晓得这么多年过去，相册里有没有什么不可告人的东西，便不大确定地回答。不过，我觉得应该是没有的。我这个人，向来以没有任何秘密而骄傲自满。

不如说，那个时候，我可能多多少少也有些想要和他分享相册的想法。

当时我们才恋爱不久，也并非是建立在对彼此已经有了深厚了解的基础上开始的感情，各自的过去对对方而言完全是一片空白。于是，多多少少地，我可能希望将我的没有什么大不了的童年时代分享给他。

小学三年级和四年级那两年，不知为何，我拍照片的时候完全没有笑过。所有的照片均面无表情，一派对拍照的人毫无兴趣，对拍照这回事也毫无兴趣的神色。

这个表情现在倒是逐渐流行了起来，不过，不到十岁的小孩子以这么一副表情拍照，看起来总是有点有趣的。

"和你现在一模一样嘛。"男友说。

"什么啊。"

"表情。"

"我平时是这样的吗……"

"是啊。"

"当时为什么要用这样的表情拍照呢？"我不解，"肯定不是在故意耍酷吧，不是，我不是说我现在有在故意耍酷的意思……"我这么解释着。

当时三年级的我，似乎的确正对什么怀有不满来着。

看着这个相册的时候，的确总是不由自主地想起不少过去的事，那个还会在照相馆冲洗相片的年代的特殊的记忆；和父母吵架之后，以一起看相册的形式和解的记忆；兴高采烈地将相册拿出来给难得一见的亲戚看的记忆，记忆和记忆叠加在一起，生出一种"时间确实是这样流走了"的实感，也时而会想，如果再让我回到照片中的那个年代的话，我会不会做得比现在更好呢？

我想大概是不会的。

毕竟现在这么活着，每天也要浪费掉不少时间，如果回到过去，自然难以说能够比当时的自己做得好上多少。另一方面，我想，正如我认真地享受着现在的时间一样，那些过去的我，大概也在享受着当时属于她们的时间。

接受时间的流逝，并且享受当下，并学会从过去中吸取教训。对于时间，我的信条差不多如此。

不要做令人痛苦和后悔的假设，看着当下和明天生活。

明天总会有意料之外的令人惊喜的事发生。

比如现在，相机和手机都有了全景模式之后，拍摄分身照片变成了一件非常简单的事。这是当年怎么都想象不到的。

椰子油的妖精 ━━━━━━━━━━━

这篇文章既是关于椰子油的文章，也是一道食谱，也像一个广告剧本策划，或者说是一篇小说。

我觉得当作超短篇小说来看的话说不定是最佳选择，从前写小说的时候，经常有读者说"看完非常想吃巧克力""非常想喝凉冰冰的果汁""想吃沙拉想吃得不得了"，当然了，那个时候，我并不是想要让人想吃巧克力而写小说的……不过人间之事往往就是如此。

总之，言归正传，椰子油即将融化，摄影机可以就位。

她迫切地要吃椰子油煎苹果，如果吃不到的话，身体便会逐渐干涸消失掉。

她的身体要比寻常人小上三分之一，皮肤呈现几乎半透明的形态，像轻易就可以融化掉似的。不过，当然不会真正融化掉——至少从前没有融化过。

从透明的玻璃罐子里挖出一勺冷凝成白色固体的椰子油，先放在鼻尖吸上一口它自然的清香——她手背上莫名的凹陷因为椰子油的香气而"嘭"地膨胀起来。

椰子油能用在很多地方，可以用来做发油，也可以用来做面油。不过，她最喜欢的还是把它送进胃里。她为自己做了一杯防弹咖啡——就是在黑咖啡中倒入一勺椰子油，再搅拌发泡约十秒钟后做出来的咖啡。

她靠在冰箱上喝着咖啡，她既不喜欢黑咖啡，也不喜欢加入了牛奶的咖啡，所以加入了椰子油的咖啡就刚刚好，有程度适当的奶香味。

接着，她把空的咖啡杯丢入水槽，回身从冰箱中取出一个苹果，放在砧板上，用陶瓷刀细心地切成薄片，摆进盘子里。

刚刚挖出来的那勺椰子油做了咖啡，她又挖出了一大勺，放进平底锅里，开小火让它慢慢融化。在椰子油完全融化成液体之后，将已经切成薄片的苹果放进去，将它煎得变软，煎出透明的焦糖色后关火。她还喜欢在上面撒上肉桂粉和蜂蜜。

她把煎好的椰子油苹果端到客厅，坐在吧台前用手指拈起来吃。这个时候，他结束了工作回到家中，外面是凉冰冰的雨，房间内是椰子油和煎苹果的香味。他稍微恍惚了一下。

"你回来了。"她从盘子里抬起头。

"嗯。"他点了点头。

"吃吗？"

"今天也没有消失呢。"他说。

"嗯。"她说，"有椰子油的话。"

影片播放结束。

我自己在初次用调羹挖椰子油的时候，颇为喜欢它冷凝后的质感，觉得有点像是某种鸟类的羽毛。温度高了便会融化消失（看起来像是消失），温度低至25摄氏度左右时便会重新凝结现形。那么，用这样的特性来做一个人物的设定的话，会不会变成有趣的故事呢？

这么想着，便写了像是会悄悄消失不见的女孩和椰子油煎苹果的故事。

不过，并不是椰子油的妖精的故事来着啊。